Möchtegern-Dichter

Erzählungen von

Merih Günay

Aus dem Türkischen von Hülya Engin

Möchtegern-Dichter

Erzählungen

von

© 2020 MERİH GÜNAY

Aus dem Türkischen

von Hülya Engin

ISBN: 978-3-949197-28-4

Texianer Verlag

Johannesstraße 12

D-78609 Tuningen

Deutschland

Umschlag: Carl Spitzweg - Der arme Poet (PD-Art)

Nichts ist wie früher, das sehe ich. Aber warum tut alles so, als habe sich nichts verändert?

Merih Günay

Vorwort der Originalausgabe

In den vorliegenden Erzählungen thematisiert Merih Günay auf die ihm eigene, ironische Betrachtungsweise die Reflexion zweier der bemerkenswertesten Gegebenheiten des Lebens auf den Menschen. Die eine ist unser Unausweichliches, vor dessen Verwirklichung wir uns fürchten, dessen Folge voller Fragezeichen ist, der Tod; die andere die von uns seit Jahrhunderten ausgegrenzte, tabuisierte, verdammte, oftmals geringgeschätzte, dennoch unverzichtbare Sexualität.

Wenn beide Gegebenheiten auch noch so gegensätzlich scheinen, sind sie zweifelsohne nicht voneinander trennbar.

Die Sexualität führt die Geburt herbei, die Geburt das Leben und das Leben unabwendbar den Tod. Sexualität und Tod sind wie die beiden Pole eines Magneten, in materieller und/oder geistiger Dimension kann der eine ohne den anderen nicht existieren. Und das Leben (der Magnet) kann ohne seine Pole nicht funktionieren.

Wer Gift im Herzen trägt, dem reiche man einen Olivenzweig, wer Liebe, Leidenschaft und Güte in sich trägt, dem reiche man Pinsel und Leinwand, gegebenenfalls auch einen Notenständer, doch wer in seinem Herzen Muskeln, Adern und Blut hat, dem gebe man einen Stift zur Hand, denn nur er hat die Gabe zur realistischen, unparteiischen Beobachtung.

In seinen Erzählungen schlüpft Merih Günay freiwillig in die Rolle des Ich-Erzählers und weist dem Leser in der denkbar natürlichsten Form den Weg, nämlich mit dem Licht der Empathie, indem er einerseits die soziale Verrohung, die wir immer von uns weisen, leugnen oder zumindest verdrängen, obwohl wir bis zum

Vorwort der Originalausgabe

Hals in ihr stecken, zu Erzählungen verdichtet und sich andererseits an die schonungslose Konfrontation mit der allgegenwärtigen Realität des Sterbens heranwagt.

Auf dieser Erzählreise sind Tod, Geburt, Sexualität, Schmerz und Angst die einzelnen Station, die wir mit ihm durchlaufen und die Einsamkeit ist durch das gesamte Buch, das gesamte Leben hindurch unser ständiger Begleiter.

Zerrin Oktay

Inhalt

Vorwort der Originalausgabe..5

Gamze und Kenan..11

Siebenundsiebzig...21

Der Franzose..23

Wache...31

Dasein und Fehlen (Sein und Nichtsein).............................69

Möchtegern-Dichter..79

Letzte Erzählung..117

Der Vater meines Sohnes...127

Gewisse Abende..141

Taxi...145

Die Terrasse..151

Ha ha ha..165

Die Nacht meines Todes..171

Gamze und Kenan

Ich saß mit Gamze, der Tochter unserer Nachbarin von nebenan, auf dem nach Schmierseife duftenden, blumenumrankten Balkon unserer Wohnung im sechsten Stock des Mietshauses in Haznedar. Sie erzählte mir von ihren Spielsachen, Malbüchern und Freundinnen, als ob es mich interessierte. Ich aber hatte anderes im Sinn; wie ich es fertig bringe, meine Hand unter ihren Rock zu stecken und ihre schneeweißen Beine zu berühren. Die Idee, Doktorspiele vorzuschlagen und ihr eine Spritze in den Oberschenkel zu setzen, war ideal. Man konnte also nicht gerade sagen, dass wir viel gemeinsam hatten!

Ihre Mutter, Hamide Abla, und meine waren in der am Balkon angrenzenden Küche und backten diese grässlichen, aber von Gamze heißgeliebten Rosinenkekse und sprachen über irgendwelchen Blödsinn. Meine Mutter schloss aus der Tatsache, dass der Friseur im Nebenhaus so zusammengekniffene Augen hat, er müsse Drogen nehmen. Hamide Abla ging noch einen Schritt weiter und vermutete, dass er sogar Drogen an die Jugendlichen im Viertel verkaufe.

Gamze war ein blondgelocktes Mädchen. Im gesamten Haus war mal wieder der Strom ausgefallen. Ich war entschlossen, sie, sollte ich jemals einen Moment erwischen, in dem sie den Mund hielt, unter dem Vorwand besagter Doktorspiele in mein Zimmer zu locken und dort im Dunkeln zu befummeln. In diese Gedanken vertieft bemerkte ich, dass Gamze schwieg und wandte meinen Kopf in ihre Richtung: „Gam..." Sie war nicht neben mir! Ich sprang auf, stützte mich aufs Balkongeländer und beugte mich hinunter: „Hu-hu!"

Gamze war gerade dabei, kopfüber, mit gespreizten Beinen und einem Affentempo, hinunterzufliegen! Wie im Film... Ihr Rock war hochgeflogen. Ich konnte ihren Slip sehen! „Gott im Himmel!" rief ich, „das wäre aber nicht nötig gewesen!" Es war ein wundervoller Anblick, aber sie fiel rasend schnell, mit einem satten Aufprall war die Aussicht beendet.

Ich rief in die Wohnung hinein: „Hamide Abla! Gamze ist nach unten geflogen." Sie sah mich verständnislos an. Sekundenlang sah sie mich an. Dann trat sie langsam auf den Balkon. Ihr Gesicht war kreidebleich geworden, sie sah umher.

Ihre Blicke suchten Gamze. „Die ist unten!" sagte ich. Ihr Gesicht war gespenstisch und ihre schwerfälligen Bewegungen Angst einflößend. Sie sah hinunter, sah ihre Tochter, führte die Hände vor das Gesicht und stieß einen durchdringenden Schrei aus. Sie raste aus der Wohnung. Sie lief hinaus, würde ich sagen, aber ich sah es ja nicht, denn der Strom war ausgefallen, das Haus war stockdunkel und zwischen ihrem Verschwinden durch die Wohnungstür und dem Moment, in dem sie auf der Straße wieder für mich zu sehen war, konnten nach meinem Eindruck keine zwei Sekunden vergangen sein. Großer Gott! Hamide Abla war schneller als Carl Lewis und sie sollte unbedingt etwas aus dieser Fähigkeit machen. Gamze konnte ich nicht sehen, aber es hatte sich um einen Wagen herum eine Menschentraube gebildet. Sie war auf den Wagen gefallen.

Mit Hamide Ablas Schrei und nachdem die Umstehenden ihre Fassungslosigkeit abgelegt hatten, wurde die Tür aufgebrochen und Gamze trat, in den Armen ihrer Mutter, in Erscheinung. Sie erhob den Kopf von der Schulter der Mutter und sah sich um, als wolle sie fragen: „Was ist denn los?" Sie hatte nicht einmal einen Kratzer abbekommen! Eine sportliche Familie, dachte ich, die Mutter ist ein As im Laufen, die Tochter im Fliegen. Genau genommen hatte ich die Sache übel genommen, meine Fummelpläne waren ja ins Wasser gefallen. Gereizt ging ich rein, zog meine Schuhe an und öffnete die Tür. Nicht zu fassen, Mama war immer noch mit den Plätzchen zugange! Ich stieg langsam die Treppen hinunter: „Wie hat es Hamide Abla in dieser Finsternis geschafft, in zwei Sekunden unten zu sein? Ist sie eine Zauberin oder was?"

Ich trat auf die Straße. Hamide Abla konnte gar nicht aufhören, ihre Tochter abzuküssen. Gamzes Rock war hochgerutscht... Ich sah mir das eine Weile an und machte mich dann, die Hände in den Hosentaschen, auf den Weg ins Nachbarviertel. Mein Blutsbruder Kenan wohnte da. Ich erzählte ihm, was geschehen war und er schimpfte mich aus. Kenan war ein Gefühlsmensch, er meinte: „Ich hätte mich abgewendet, als sie runterflog, ich hätte mir nicht ihren Slip angeguckt!" Der Dummkopf! Wir gingen zusammen auf die Straße, ein Kleinbus kam uns entgegen. „Sollen wir hinten aufspringen?" fragte Kenan.

Ich verstehe wirklich nicht, was du daran findest, auf das Trittbrett von irgendwelchen Fahrzeugen aufzuspringen und mit einem Bein zu pendeln! Eines Tages wirst du runterknallen und dir noch was brechen.

Du hast Angst.

Hab ich nicht, es kommt mir bloß unsinnig vor.

Du hast sehr wohl Angst!

Hab ich nicht, Kenan!

Dann beweis es.

Das ist aber das letzte Mal!

Gut, das letzte Mal.

Versprochen?

Versprochen.

Wir passen unsere Schritte ab und konzentrieren uns. Wir lassen den heranfahrenden Kleinbus nicht aus den Augen. Genau zum richtigen Zeitpunkt springen wir hinten auf, klammern uns irgendwo fest und beginnen, einen Fuß über die Fahrbahn schleifen zu lassen. Ich wusste nicht, was er daran fand, aber er sah glücklich aus. Da merkte ich, dass der Bus beschleunigte. „Spring ab!" rief ich Kenan zu und ließ mich seitwärts fallen. Während ich mich aufrichtete, sah ich, dass der Bus weiterfuhr. Kenan hinten drauf und dahinter ein riesiger, doppelbereifter LKW...

Kenan, spring ab!

Ich hab Angst···

Hab keine Angst, spring! Spring auf den Bürgersteig!

Der Busfahrer musste ihn bemerkt haben, er bremste abrupt. Kenan wurde, mit der Wucht der Vollbremsung, in die Luft geschleudert und knallte auf die Motorhaube. Gleich darauf fiel er auf die Fahrbahn und war nicht mehr zu sehen, denn der folgende LKW war dem Kleinbus aufgefahren und schleifte Kenan mit sich. Später hab ich ihn gesehen. Genau genommen sah ich seinen Rumpf; einen Kopf hatte er nicht mehr. Der Doppelreifen war über seinen Kopf gefahren und hatte ihn so platt gemacht wie Gelatine. Kenans Anblick in diesem Moment unterschied sich in nichts von dem zum Opferfest auf den Straßen geschächteter Schafe; kein Kopf, der Rumpf liegt da und jede Menge Blut.

LKW und Kleinbus waren verschwunden, aber die rote Spur, die sie auf der Fahrbahn hinterließen, war überaus deutlich zu sehen.

Ich ging näher an Kenan heran und begutachtete seinen Kopf. Seine Augen, sein Gehirn, seine Nase hatten sich zu einem Brei vereint. Es sah sehr komisch aus. Seine Ohren konnte ich nicht erkennen. Sie könnten an dem Reifen kleben geblieben sein. Ich stellte mir die Szene vor: Während der LKW-Fahrer hektisch die Reifen abbürstet, um die Blutspuren, die Beweismittel also, zu vernichten, fallen zwei Ohren herab. Die winzigen Ohren des kleinen Kindes, das er überfahren hat... Zu gerne hätte ich seinen Gesichtsausdruck dabei gesehen; ich hätte zweifellos einen Lachanfall bekommen.

Wenn man ihm nicht in den Schädel eingedrungen wäre, hätte ich meinem Freund gern über das Haar gestreichelt. Der Tod ist etwas irrsinnig Unsinniges. Das hatte mir noch gefehlt, jetzt hin zu seiner Mutter, Bescheid geben, erzählen, wie es passiert ist. Und dann noch ein Hundertmeterrekord von Kenans Mutter! Nein, nein! Dieses Mal werde ich mich nicht wundern! Dann das Totenhelwa, Gebete, Beerdigung... Jede Menge überflüssige Ausgaben und verlorene Stunden, Tage! Sein Vater muss sich frei nehmen, die Geschwister können nicht zur Schule... Ich sag's ja, der Tod ist etwas irrsinnig Unsinniges. Außerdem, wäre er gesprungen, als ich ihm zurief: „Spring!", wäre er auch gar nicht gestorben.

Ist das klar jetzt!

Siebenundsiebzig

Die Frau, die in dieser Nacht in meinem Bett lag, war wohl siebenundsiebzig Jahre alt. Ich war ein zwanzigjähriger, gutaussehender Kerl mit dunklem Teint. Sie lag da wie tot. Sie hieß Barbara oder so, ich kann mich nicht genau erinnern. Gut, dass ich mich im Voraus hatte bezahlen lassen, eine gelbe Uhr, eine Goldkette und fünfzig Mark in bar. Nicht schlecht, denn die Woche zuvor hatte ich meinen Körper für nur dreißig Mark verkauft.

Es waren anhängliche Frauen. Sie riefen immer wieder an und fragten nach dem Rechten. Manchmal schickten sie auch kleine Geschenke. Wie auch immer, es war nicht von Dauer, irgendwann trat Funkstille ein. Ich ging davon aus, dass sie ihre Liebe dann doch vergessen hatten.

An ihren Begräbnissen habe ich niemals teilgenommen. Nach ihnen war ich niemals niedergeschmettert. Ich trank ein paar Bier, hob mein Glas ein paar Mal auf ihr Wohl. „Trotz allem war es schön, ich meine, es hatte auch schöne Seiten", sagte ich. Ich weinte ein bisschen, das ist alles, hab ich mich klar genug ausgedrückt, das war alles!

Der Franzose

Er hatte riesige grüne Augen, einen großen Mund, volle Lippen. Er war Franzose, außerdem Stotterer. Er trug ein weißes T-Shirt, mit der Aufschrift „Vietnam". Es ging auf zehn Uhr zu. Er betrachtete eine Weile die Auslagen im Schaufenster, dann mich. Ich hatte mir schon so ziemlich die Kante gegeben und war müde. Er lächelte mir zu. Ich grüßte ihn mit einer leichten Kopfbewegung. Er trat ein, setzte seinen Rucksack auf den einen und sich selbst auf den anderen Stuhl. Mit seinen riesigen grünen Augen versuchte er meinen Blick aus vor Müdigkeit und Alkohol halbgeschlossenen Augen einzufangen und begann stotternd, aber sehr schnell zu sprechen. In seinem schlechten Englisch erzählte er, dass er seit drei Monaten in der Türkei war, wo er überall gewesen und in welchen Hotels er abgestiegen war, welche Speisen er gegessen hatte.

Er erzählte und erzählte und erzählte...

Ich dachte an Ayşe. Warum hatte sie zu mir gesagt: „Heute Nacht wird die Sache auf jeden Fall über die Bühne gebracht"? Welche Sache?

Was er über die wirtschaftlichen Beziehungen zwischen Frankreich und dem Iran dachte, das Leben und den

Kleidungsstil türkischer Frauen... Tiefgrün waren seine Augen. Ob er verheiratet war? Stotterte seine Frau womöglich auch?

Wenn er seit drei Monaten allein hier war, mussten sie geschieden sein. Sah sie gut aus, hatte er vielleicht ihr Foto in der Brieftasche?

Was sie wohl meinte? Diese Sache wird heute Nacht auf jeden Fall über die Bühne gebracht... Was ist es, das über die Bühne gebracht wird?

Ich machte noch ein Bier auf. Mit rasender Geschwindigkeit, wie eine aufgezogene Maschine erzählte er, dass Frankreich eine Visumspflicht für Malaysia eingeführt hatte und erläuterte die Hintergründe des Beschlusses.

Ayşe kannte ich seit etwa zwei Jahren. Lange Zeit hatten wir nichts anderes gemacht außer im See zu schwimmen und den Himmel zu betrachten.

Ich war seinem Blick ausgewichen, denn ich schrieb diese Zeilen. Ich wollte ihm sagen, dass ich ihn zwar sehr gut verstehen könne, momentan aber mit meinen Gedanken bei Ayşe sei und dass ich ihm morgen zuhören könne, solange er will, aber ich brachte es nicht übers Herz. Auch wenn ich seinem Blick auswich, war er so glücklich, dass ich ihm zuhörte...

Ihm wurde immer leichter und leichter und leichter ums Herz...

Ayşe hasste die Hitze. Kaum wurde es etwas wärmer, sprang sie in den See. Wir schwammen dann lange.

Anschließend legten wir uns auf die Wiese und betrachteten den Himmel.

Der riesenäugige, stotternde Franzose erzählte, dass er letztes Jahr für zwei Monate in Holland war und von den Vor- und Nachteilen zügelloser Freiheit. Was er wohl von Beruf sein mochte? Womöglich war er jemand, der in seinem Lebensumfeld wenig Wertschätzung erfuhr und deshalb lange Reisen unternahm, um sich besser zu fühlen und neue Bekanntschaften zu machen.

Ayşe war ein dunkler Typ. Sie hatte schöne Augen und schwarze, streichholzkurze Haare.

Vielleicht war der Mann Professor oder ein Genie. Es war sehr heiß und sehr spät. Er sprach in einem fort, er musste durstig sein, aber ihm etwas anzubieten, hätte geheißen, die Nacht mit ihm zu verbringen. Er starrte mich aus seinen grünen Augen an, konnte aber meinen Blick nicht einfangen. Auch wenn ich kurz vor dem Ende war, so schnell gab ich nicht auf.

Der Franzose

Höchstwahrscheinlich war er schwul.

Ayşe hatte einen Garten. Manchmal gingen wir gemeinsam hin, manchmal trafen wir uns dort. Wir gossen die Blumen und sprachen mit ihnen, aber miteinander sprachen wir nicht viel.

Ob er wirklich schwul war? Wann hatte er zuletzt mit einem Mann geschlafen? Wahrscheinlich hier, in einem Hotelzimmer, gegen Geld oder ein Geschenk, mit einem dunkelhäutigen Jüngling...

An manchen Abenden tranken Ayşe und ich Wein, bei ihr. Wir tanzten und sahen einander dabei zu. Dann schlief ich auf einer Couch und sie in ihrem Bett.

Wusste seine Frau, dass er schwul war, waren sie womöglich deshalb geschieden? Er hatte erzählt, dass er diese Reise seit Jahren geplant, aber jetzt erst verwirklicht hatte.

Er erzählte und erzählte und erzählte...

Was hatte sie gemeint, als sie sagte; "Heute Nacht wird die Sache über die Bühne gebracht"? Sie mochte es sehr, wenn ich sie in den Arm nahm, wenn ich ihr über die Haare strich. Sie liebte es, an meiner Brust einzuschlafen und die Sterne zu betrachten.

Wie warmherzig und herzlich wir Türken doch seien, hilfsbereit und gastfreundlich, dass wir trotzdem all diese Werte einbüßen würden, wenn wir in die EU eintreten...

Was würde über die Bühne gebracht und warum, noch dazu diese Nacht?

Ob mein ausgelaugter Geist und Körper noch ein Bier ertrugen? Außerdem musste ich ganz dringend. Wenn ich auf die Toilette ginge, fände ich ihn dann bei meiner Rückkehr immer noch erzählend vor? Mit Sicherheit! Ob er auch gern mit Frauen schlief? In seiner Heimat hatte er bestimmt eine kleine Wohnung, in einem Mietshaus, eine schlicht eingerichtete, unordentliche, bedeutungslose Wohnung.

Ayşe hatte eine geräumige Wohnung, sie lebte bei ihrer Familie. Sie hatten noch jede Menge Wohnungen und waren mal in der einen, mal in der anderen.

Er hatte wirklich schöne Augen. Ob er sich körperlich von mir angezogen fühlte? Hatte er deshalb so lange durch das Schaufenster geschaut und dann den Laden betreten? War er darauf aus, mit mir zu schlafen? Dass er mir von französischen Weinen und Küssen erzählte, war das eine Einladung? Sollte ich noch eine Flasche öffnen oder gehen? Sollte ich ihm etwas anbieten oder ihn rauswerfen? Sollte ich Ayşe anrufen und fragen: "Welche Sache denn?" oder sollte ich einfach ins Bett und schlafen? Es war weit nach Mitternacht.

Ein Abend, eine Frau, ein Mann, ich...

Gute Nacht.

Wache

Ich hatte mich daran gewöhnt und war auf die Zeiten meiner Wache programmiert. Die Nachtwache des Schlafsaals musste mich nicht wecken. In jener Nacht zeigte die Uhr 02.35, als ich aufwachte. Es war Winter, eisig kalt. Träge stand ich auf und zog mich an. Im Winter stank es im Schlafsaal weniger als im Sommer.

Hatten Sie irgend eine Veränderung im Schlafsaal bemerkt?

Nein. Nichts war verändert. Alles normal, wie in den dreizehn Monaten zuvor.

Fahren Sie fort.

Als wir fertig waren, stiegen wir mit dem wachhabenden Unteroffizier und dem zweiten Wachhabenden hinunter ins Munitionslager.

Erinnern Sie sich an die Namen?

Nein, leider nicht.

Fahren Sie bitte fort.

Wir füllten die Magazine, griffen uns unsere Gewehre, setzten die Helme auf und machten uns auf den Weg. Der Wachplatz befand sich auf einem hohen Hügel. Das Wasserdepot mit einer Kapazität von fünfhundert Tonnen, das den Großteil des Wasserbedarfs der Division deckte, war ein neuralgischer Punkt. In den Tagen der blutigsten Angriffe der Terrororganisation hätte das Zusetzen einer geringen Menge von Zyankali oder eines ähnlichen Stoffes in das Wasser im Depot im wahrsten Sinne des Wortes zu einem Massaker geführt. Wir kletterten auf den Hügel. Dann lösten wir die Kameraden ab.

Haben Sie diese gefragt, ob in der Nacht etwas Ungewöhnliches vorgefallen war?

Ja, das habe ich. Nein, während ihrer Wache war nichts Ungewöhnliches vorgefallen.

Weiter.

Wache

Der Unteroffizier ging mit den anderen Wachen fort. Der Kamerad, an dessen Namen ich mich nicht erinnern kann und ich blieben allein zurück. Außerdem hatte das Depot noch einen ständigen Bewacher. Ein deutscher Schäferhund, Rüde, drei Jahre alt.

Erinnern Sie sich, wie der hieß?

Ja, er hieß Wolf.

War er angebunden?

Nein. Er war ausgebildet. Die Wachposten des Depots wurden fünfzehn Monate lang nicht ausgewechselt. Jeweils zwei Stunden, zwölf Patrouillen, vierundzwanzig Personen, dazu die wachhabenden Unteroffiziere. Vor Dienstantritt ließ man Wolf je einmal an der Unterwäsche jedes Wachhabenden schnüffeln. Wenn sich jemand nähern sollte, dessen Geruch er nicht kannte, war der erledigt.

Kam das schon einmal vor?

Ja, als ein neu zur Division gestoßener junger Offizier nachts bei seiner Patrouille aus dem

Jeep stieg, hat Wolf ihn regelrecht zerfleischt, bevor irgend einer von uns eingreifen konnte... Wir konnten ihm nicht mehr helfen.

Wie ging die Sache aus?

Er starb. Er hätte den Wagen nicht verlassen dürfen.

Wurden Sie vernommen?

Ja. Anschließend wurden wir vor Gericht geführt, wir wurden gefragt, warum wir nicht geschossen hätten. „Er war ein Soldat wie wir und tat seine Pflicht" antworteten wir. Wir wurden nicht verurteilt. Es wurde als Tod im Dienst in die Akten aufgenommen.

Fahren Sie fort.

Zur Beobachtung hatten wir ein Wachhäuschen. Weil es aus Eisen war, war es dort noch kälter als draußen. Einer von uns blieb in der Wachstube, der andere patrouillierte herum.

Wer von Ihnen war in jener Nacht in der Wachstube?

Wache

Mein Kumpel. Ich war draußen.

Was geschah dann?

Wolf kam zu mir. Er starrte mich an und gab merkwürdige Laute von sich. Ich sah mich um; weder eine Spur, noch ein Geräusch, alles war wie immer. Ich maß seiner Unruhe keine Bedeutung bei.

Weiter bitte.

Als ich meine Runde beendet hatte und ins Wachhäuschen zurückkehrte, sah ich, dass mein Kumpel eingeschlafen war.

Haben Sie versucht, ihn zu wecken?

Ja. Ich ließ nichts unversucht.

Wachte er auf?

Nein.

Was taten Sie dann?

Zunächst holte ich mir ein paar Zigaretten aus seiner Tasche. In der Stube war eine alte Decke, damit deckte ich ihn zu und setzte meine Wache fort.

Was machte der Schäferhund?

Der war nicht zu sehen.

Haben Sie ihn gesucht?

Ich rief ein paar Mal nach ihm, später verlor ich die Sache aus den Augen. Er wird irgendwo eingeschlafen sein, dachte ich mir. Nach einigen Runden hörte ich Wolf bellen, aber ich konnte ihn nicht sehen. Das Bellen wurde später zum Winseln und verklang dann ganz. Ich beschleunigte meine Schritte und lief auf die Stelle zu, an der ich ihn vermutete.

War Ihr Kamerad inzwischen aufgewacht?

Nein.

Was geschah dann?

Ich sah Wolf, er lag im hohen Gras, alle Viere von sich gestreckt. Ich rief nach ihm, er stand nicht auf. Ich hielt ihm meine Taschenlampe ins

Gesicht. Ihm war Speichel aus dem Maul getreten und seine Augen waren weit aufgerissen.

War er tot?

Ja, er zeigte keinerlei Lebenszeichen.

Was taten Sie dann?

Ich bekam Angst. Ich rief zur Wachstube und versuchte, meinen Kameraden zu wecken. Ich schaffte es nicht. Ihm war Speichel aus dem Mund getreten. Ich kontrollierte seinen Puls, er hatte keinen.

Was taten Sie da als erstes?

Ich zog uns die Stiefel aus.

Warum?

Meine waren alt und verschlissen, ich zog mir seine an.

Und dann?

Dann kramte ich meine Trillerpfeife hervor, aber ich konnte nicht pfeifen.

Warum nicht?

Ich hatte Angst, ich zitterte am ganzen Körper. Mein Herz klopfte wie wild. Mein Atem reichte nicht aus, um die Pfeife zu betätigen, oder mein Mut. Ich konnte mich nur mit Mühe aufrecht halten.

Fahren Sie fort.

Dann fiel ein Licht auf die Stubenwand.

Was für ein Licht?

Ein schmaler Lichtstreifen, aber strahlend hell.

Welche Farbe hatte er?

Rot.

Was taten Sie?

Ich wandte den Kopf in die Richtung, aus der es kam. Es kam von unten, aus der Ebene.

Von unten?

Ja, von dem Pfad, der den Hügel hoch zum Wasserdepot führt. Wir befanden uns am höchsten Punkt. Ich sah durch das Fernrohr.

Und was sahen Sie?

Ein Pferd kam von unten nach oben getrabt, schwerfällig. Und das Licht strahlte von seiner Stirn hoch.

War es ohne Reiter?

Nein, eine Braut ritt es.

Eine Braut?

Ja, in Brautkleid und Schleier.

Was taten Sie?

Ich richtete mein Gewehr in ihre Richtung, aber ich drückte nicht ab.

Warum nicht?

Das Gewehr in meiner Hand war eine G3. Man sagt, dass es eine Reichweite von dreitausend Metern hat, aber die Treffsicherheit lag zwischen achthundert und tausend und sie mussten noch weiter entfernt sein.

Wenn Sie geschossen hätten, hätten Sie Alarm ausgelöst.

Ich dachte daran, aber ich tat es nicht.

Warum nicht?

Es hätte sein können, dass ich halluziniere. Ich wollte meiner Wahrnehmung sicher sein.

Bitte fahren Sie fort.

Ich war verwirrt; unschlüssig, was ich tun sollte. Ich war nicht imstande, mich von der Stelle zu bewegen. Dann geschah etwas Merkwürdiges...

Und zwar?

Heuschrecken... Ein ganzer Schwarm. Sie krochen alle aus ihren Löchern hervor und zirpten und flatterten hin und her.

Bekamen Sie Angst?

Ja, ich konnte die Regimentsgebäude unten in der Ebene sehen. Auf ein Zeichen von mir wären Hunderte von Leuten hierher gekommen und hätten mich gerettet. Ich beschloss, abzudrücken, ich drückte auch ab.

Einmal?

Nein, viele Male, aber es ging kein Schuss los.

Warum nicht?

Ich weiß es nicht. Ich zog das Magazin heraus, steckte es wieder rein, aber es ging immer noch nicht.

Und? Was taten Sie dann?

Ich warf das Gewehr auf den Boden und sah auf meine Stiefel.

Warum?

Um zu sehen, ob meine eigenen nicht doch besser waren. Ich war unschlüssig.

Erzählen Sie weiter.

Ich wollte schreiend runter laufen, so schnell ich konnte, aber ich war außerstande.

Warum?

Es war, als gehorchten mir die Knie nicht. Ich sank auf die Knie.

War Ihr Patronengurt neu?

Ja. Warum?

Vielleicht hätten Sie ihn auch gegen den Ihres Kameraden tauschen können. Fahren Sie fort.

Es war wie eine Filmszene. Ich war auf einem hohen Hügel auf die Knie gesunken, mein Kamerad und Wolf waren tot, mein Gewehr funktionsuntüchtig, um mich herum die zirpenden und flatternden Heuschrecken und eine Braut auf einem Rappen reitet auf mich zu.

Dann?

Dann wurde es lauter. Ich hielt mir die Ohren zu, aber es wurde lauter und lauter und im Regiment tat sich nichts. Ich nahm an, dass ich allein das Geräusch hörte.

War es wirklich so?

Wache

Ich weiß es nicht.

　Fahren Sie fort.

Dieses Licht, das auf die Wachstube fiel, kam schräg seitlich von der Stelle, an der ich auf die Knie gesunken war. Dann tauchte schräg links noch ein Licht auf, auf gleicher Höhe. Ich wandte den Kopf nach hinten und sah zwei weitere Lichter.

　Sie standen also zwischen vier Lichtstrahlen?

Ja. Dann trat mit einem Mal Stille ein, als hätten sich Himmel und Erde in Schweigen gehüllt. Einige Sekunden später wurde die Stelle, die von den vier Lichtstrahlen umfasst

　In welcher Farbe?

Ein schmutziges Gelb, glaube ich.

　Fahren Sie fort.

Genau in diesem Moment geschah noch etwas Interessantes.

　Und zwar?

Ich hörte einen Gebetsruf, klar und deutlich.

    Welcher Monat war es?

November.

    Wie spät?

04.45.

    Der Morgenruf also... Fahren Sie bitte fort. Hatte die beleuchtete Stelle eine rechteckige Form?

Nein, oval.

    Weiter.

Können wir eine kleine Pause einlegen?

    Warum?

Wenn ich an diesen Teil denke, schaudert es mich.

    Es ist aber die Schlüsselszene ihrer Geschichte. Bitte fahren Sie fort.

Eine Hand legte sich auf meine Schulter...

Weiter!

Mit gespreizten Fingern, als wolle sie meine Schulter nach Spannen ausmessen. Ich konnte die Feinheit und Länge der Finger fühlen.

Was ging Ihnen durch den Kopf?

Dass es wohl ein Dieb ist.

Weiter.

Dann spürte ich auch an der anderen Schulter eine Hand.

Was taten die Hände?

Sie zogen mich hoch. Es schnürte mir die Kehle zu. Ich konnte sie mir nicht einmal ansehen.

Was geschah dann?

Sie drehten mich so, dass ich mit dem Gesicht zur Ebene stand. Der Rappe kam näher.

Und die Lichter strahlten immer noch?

Nein, die waren erloschen.

Dann?

Dann nahm ich meinen ganzen Mut zusammen und wandte den Kopf zur Seite.

Was sahen Sie?

Einen Soldaten. Etwa in meinem Alter, ähnlich wie ich gekleidet, bloß waren seine Sachen sehr verschlissen, schmutzig, abgerissen.

Kannten Sie ihn nicht?

Nein. Sein Haar war ungepflegt; er sah aus, als hätte er sich jahrelang nicht rasiert.

Sind Sie sicher, dass es keine Wahnvorstellung war?

Selbstverständlich bin ich sicher. Diese Geschichten um eine Braut zu Pferde und einem Soldaten aus früheren Zeiten waren im Regiment ohnehin sehr verbreitet. Die Nachtpatrouillen erzählten von Zeit zu Zeit, sie gesehen zu haben, aber sie verschwänden immer auf halber Strecke. Ich hatte sie nie zuvor gesehen und sie hatten die Hälfte der Strecke längst hinter sich und ritten auf mich zu.

Weiter, bitte.

Dann sah ich mir den zweiten Mann an. Auch er war Soldat. In der gleichen, alten Kleidung, etwa gleich alt und auch er langhaarig und unrasiert.

Was taten die Beiden?

Ihre Hände waren ja an meinen Armen und ihre Augen auf die Braut gerichtet.

Bitte fahren Sie fort.

Das Pferd blieb vor mir stehen. Die Braut lüftete den Schleier. Unsere Blicke trafen sich. Es war ein blutjunges Mädchen, höchstens achtzehn.

Wie war ihr Brautkleid?

Sehr alt, mindestens fünfzig Jahre alt musste es sein... Sie senkte den Schleier wieder und gab dem Pferd die Sporen, ritt nach rechts, auf die Rückseite des Depots zu. Und wir folgten ihr stumm. Wir bewegten uns sehr langsam vorwärts.

Was war hinter dem Depot?

Die Division war auf sehr weitem Gelände errichtet, schier endlos. Ihr höchster Punkt war die Stelle, an der wir uns befanden. So hätten wir, auch wenn wir das Fernrohr zu Hilfe nahmen, keinen Endpunkt sehen können, in allen vier Himmelsrichtungen nicht. Der verborgenste Punkt war die Stelle hinter dem Depot.

Befand sich da nichts?

Nur der Friedhof. Der Soldatenfriedhof, aber der letzte Soldat war vor dreiundfünfzig Jahren dort begraben worden, danach wurden die Toten den Familien überstellt.

Waren Sie früher schon einmal da gewesen?

Es war ja in unmittelbarer Nähe des Depots. Genau genommen lag der Friedhof innerhalb der Patrouillengrenzen, aber so weit stiegen wir nicht hinab, wir hatten Angst.

Wache

Bitte fahren Sie fort.

Die Braut blieb am Eingang zum Friedhof stehen. Wir auch. Sie stieg vom Pferd ab. Sie murmelte etwas.

Was murmelte sie?

Ich konnte es nicht verstehen. Sie sprach leise und unverständlich. Dann gerieten die Erdhügel auf den Gräbern in Bewegung und aus allen Gräbern gleichzeitig ragten Soldaten in die Höhe, bis zu den Taillen und begannen zu schreien. Sie schrieen herzzerreißend. Sie sagten nichts, sie stießen Schreie aus.

Und Sie? Was haben Sie getan?

Ich begann ebenfalls zu schreien.

Warum?

Keine Ahnung. Ich hatte unvorstellbare Angst, ich war kurz davor den Verstand zu verlieren. Ein Geruch, wie nach Schimmel, erfüllte die Umgebung. Mein Magen drehte sich und ich musste mich übergeben. Nach einer Weile hörten sie auf zu schreien. Die Braut murmelte wieder etwas. Vier von ihnen traten aus ihren Gräbern heraus und kamen auf uns zu.

Sie waren wie Roboter. Sie gingen an uns vorbei. Wir standen da wie angenagelt, etwa zehn Minuten, regungslos.

Was geschah dann?

Ich hörte etwas hinter mir und drehte mich um. Sie schleiften meinen Wachkameraden und Wolf hinter sich her. Als sie bei uns angelangt waren, blieben sie stehen. Ich bemerkte, dass mein Kamerad sich bewegte. Etwas später begann er zu schreien.

Was schrie er?

Das sind nicht meine Stiefel! Das sind nicht meine Stiefel!

Fahren Sie fort.

Sie traten aus ihren Gräbern. Sie nahmen die Braut in ihre Mitte. Sie stellten sich in einer Reihe auf. Wir waren hinter der Braut. Die Braut machte sich auf den Weg.

In den Friedhof hinein. Wir folgten ihr. Sie ging sehr langsam. Vor einem der Gräber blieb sie stehen. Als sie stehen blieb, begannen zwei Soldaten, die Graberde mit bloßen Händen beiseite zu schaufeln.

Was ging Ihnen währenddessen durch den Kopf?

In meinem Spind im Schlafsaal hatte ich Geld versteckt, zwischen den Handtüchern. Ich dachte, das hat sich bestimmt schon jemand unter den Nagel gerissen.

Erzählen Sie weiter.

Sie gruben ziemlich tief und traten beiseite. Die Braut stieg ins Grab und verschwand aus meinem Gesichtsfeld.

Dann?

Die Soldaten zerrten mich zu diesem Grab. Ich versuchte mich zu wehren, konnte aber nicht.

Einer meiner Begleiter stieg zuerst hinab. Er verschwand ebenso wie die Braut. Dann schob mich der andere ins Grab hinein. Zuerst waren meine Füße drin und zwei Hände griffen von unten nach meinen Hosenbeinen. Während der obere schob, zog der untere.

War es eine Art Tunnel?

Ja.

Wie lange dauerte der Abstieg?

Zehn oder fünfzehn Minuten. Es war eng und stank. Ich musste mich ständig übergeben.

Und dann?

Die Hand ließ meine Hosenbeine los. Ich fühlte, dass meine Füße den Boden berührten. Dann hielt er mich wieder an den Füßen fest und zog mich raus.

Was für ein Ort war das?

Sehr niedrig und eng, eine Art unterirdischer Gang. Wir hatten beide die Köpfe eingezogen, der Stollen war zu eng für uns. Genau vor uns

waren Stufen. Er hielt mich am Gelenk fest und
begann zu ziehen.

Waren die Stufen eben?

Nein, wie eine Wendeltreppe.

Wie konnten Sie sehen, wohin Sie traten?

An jeder Windung brannte eine Fackel. Rauch
und Gestank erschwerten das Atmen.

Wo waren die anderen?

Die Braut war vor uns. Ich konnte ihre Schritte
hören, aber sie nicht sehen. Auch hinter uns hörte man Stimmen und Geräusche. Ich glaube, wir
stiegen alle zusammen hinab.

Wie lange dauerte Ihr Abstieg?

Diesmal war es kürzer, weniger als zehn Minuten... An einem geräumigen Ort, aber da war
nichts, außer den Fackeln. Die Braut war vor
mir, mit dem Rücken zu mir. Wir warteten dort
eine Weile.

Worauf warteten Sie?

Ich glaube, darauf, dass alle abgestiegen waren. Dann begann die Braut, vorwärts zu schreiten.

    Was war da vorne?

Ich konnte nichts sehen, unmittelbar vor uns war eine Mauer, aber sie lief weiter. Genau vor der Mauer blieb sie stehen. Dann überholten mich zwei Soldaten und gingen zu ihr und stießen die Mauer mit den Händen weg. Ein Tor ging auf. Sie traten zurück. Durch das Tor drang Licht hinein. Der Ort, an dem wir uns befanden, wurde erhellt. Sie zerrten mich zur die Braut. Jetzt stand ich neben ihr. Die Soldaten traten zurück. Die Braut hakte sich bei mir ein und wir traten ein. Unmittelbar hinter uns fiel die Tür ins Schloss.

    Die anderen traten nicht ein?

Nein. Nur wir zwei.

    Was war da drin?

Es war unglaublich; ein riesiger Saal, ein Hochzeitssaal, voller Menschen.

Handelte es sich bei den Gästen um Soldaten?

Nein. Familienangehörige, in Zivil, gut gekleidet. Als wir eintraten, brauste Applaus auf. Die Musik setzte ein.

Was wurde gespielt?

Eine sehr traurige Musik, ich weiß nicht mehr genau, was es war.

Fahren Sie fort.

Wir schritten auf die Tanzfläche zu. Dann rief jemand nach mir.

Wer?

Ich wandte mich um, es war meine Mutter.

War sie allein?

Nein, mein Vater war bei ihr. Er versuchte, sie zu trösten. Sie weinte.

Was fühlten Sie in diesem Moment?

Ich konnte nicht begreifen, warum sie weinte. Ich dachte, dass sie bei einem solchen besonderen Anlass glücklich sein müsste. Ich wollte zu ihr, aber Mukaddes ließ meinen Arm nicht los.

    Wer ist Mukaddes?

Die Braut.

    Bitte fahren Sie fort.

Ich blieb eine Weile so stehen.

    Warum?

Ich sah mir meine Eltern an. Sie waren sehr jung, ihre Kleidung war äußerst merkwürdig. Sie waren gekleidet wie die Darsteller in alten, sehr alten Filmen. Ich lächelte.

    Warum?

Mein Vater war Schneider. Wie verschroben, dachte ich. Als ich mich aber später umsah, stellte ich fest, dass alle mehr oder weniger wie sie gekleidet waren. Auch meine Kleidung war merkwürdig.

    Was trugen Sie?

Eine Soldatenuniform.

Wache

Fahren Sie bitte fort.

Vor der Tanzfläche befand sich der Tisch, der für uns reserviert war. Wir nahmen dort Platz. Auf dem Tisch stand ein Schwarzweißfoto in einem Rahmen.

Wer war darauf zu sehen?

Wir. Mukaddes und ich. Es war mit 1947 datiert.

Sie sind 69/3 einberufen?

Ja. Wir blieben nicht lange dort. Es wurden uralte Stücke gespielt. Nach etwa einer halben Stunde verließen wir unter Applaus den Saal.

Wie verließen Sie den Saal?

Vorne links war ein Ausgang.

Wie war es draußen?

Es regnete. Es war in den Abendstunden. Die Menschen sahen zu uns herüber.

Warum?

Wegen meiner Kleidung, nahm ich an. Aber ich sah sie ja auch an. Die Männer trugen alle Hüte. Sie waren interessant.

Was geschah dann?

Ein Wagen erwartete uns, ein schwarzer Wagen, wie die heutigen Dolmuş in Kadıköy. Ein schnurrbärtiger, außerordentlich gutaussehender Fahrer hielt uns die Tür auf. Mukaddes stieg zuerst ein, dann ich. Und Mustafa setzte sich nach vorne.

Wer ist Mustafa?

Mein Kamerad von der Wache.

Sie hatten gesagt, dass Sie sich nicht an seinen Namen erinnern.

Als wir oben waren, erinnerte ich mich auch nicht daran, jetzt tu ich's.

Weiter, bitte.

Eine Weile fuhren wir stumm durch nasse Straßen. Mustafa unterbrach das Schweigen.

Was sagte er?

Das sind nicht meine Stiefel! Das sind nicht meine Stiefel!

Fahren Sie fort.

Wir hielten vor einem Wohnhaus. Der Fahrer stieg aus und öffnete die Tür. Zuerst stieg ich aus, dann Mukaddes. Vor der Haustür waren einige Leute. Sie standen Spalier, applaudierten, wir gingen an ihnen vorbei hinein. Wir hielten vor einer Wohnung im zweiten Stock. Mukaddes öffnete die Tür, wir traten ein.

Wie sah die Wohnung aus?

Groß. Sehr schlicht eingerichtet. Man könnte sagen, schön.

Was taten Sie zuerst?

Ich ging ins Bad und wischte das Erbrochene von meiner Kleidung. Dann kehrte ich zurück. Mukaddes war nicht da. Ich trat ins Wohnzimmer, auch da war sie nicht. Ich fand sie im Schlafzimmer. Sie saß auf dem Bett.

Was taten Sie?

Ich trat näher. Ich blieb vor ihr stehen, lüftete den Schleier.

Dann?

Ich küsste sie. Ich zog sie hoch zu mir. Dann begannen wir uns auszuziehen und gingen ins Bett. Als ich mich auf sie legte, vernahm ich einen Gestank, ich wich zurück.

Was für ein Gestank?

Ein abscheulicher. Wie Hunde, die im Regen nass geworden sind, so in der Art.

Woher kam der Gestank?

Mukaddes verströmte ihn. Ich wollte runter von ihr, aber sie hielt mich mit den Händen am Nacken fest und zog mich zu sich. Der Gestank wurde immer intensiver und Mukaddes begann sich zu verändern.

Inwiefern?

Ihre Fingernägel wurden zusehends länger. Sie drangen am Nacken durch mein Fleisch. Ihre Haut schrumpelte. Sie wurde immer dürrer, als sei sie ein Luftballon, der erschlafft.

Was taten Sie?

Ich versuchte loszukommen. Ich verließ das Bett, sie auch. Ihre Brüste hingen ihr bis zum Bauch, ihre Haare waren schlohweiß geworden. Sie hatte keine Zähne mehr im Mund. Sie versuchte, mich zu küssen. Ich wollte sie an ihren Haaren festhalten und wegstoßen, ich hatte ihren ganzen Haarschopf in der Hand. Dann begann ihre Haut zu zerschmelzen. Sie ließ mich los, warf sich zu Boden. Sie schrie, sie krümmte sich am Boden, voller Schmerz.

Und Sie, was taten Sie?

Ich öffnete die Tür und stürzte die Treppe hinunter. Am Hausausgang packte mich Mustafa am Kragen. Wie von Sinnen schrie er mich an.

Was sagte er?

Das sind nicht meine Stiefel! Das sind nicht meine Stiefel!

    Was geschah dann?

Ich konnte mich befreien und trat ins Haus. Ich rannte hoch, ging ins Schlafzimmer. Mukaddes wand und krümmte sich immer noch vor Schmerz. Ich öffnete den Reißverschluss meiner Hose und legte mich auf ihren Körper, halb Fleisch, halb Knochen.

    Warum?

Ich wäre der erste und einzige Mann auf Erden, der das macht, dachte ich. Ich wollte es mir nicht entgehen lassen.

    Fahren Sie fort.

Es ging nicht, ich konnte nicht. Ich ließ von ihr ab und erhob mich.

    Was geschah danach?

Vom Treppenhaus waren Geräusche zu vernehmen. Sie hämmerten gegen die Wohnungstür.

Ich öffnete nicht. Sie brachen sie auf und kamen rein.

Wer?

Die Soldaten. Sie fassten mich, ich konnte mich nicht befreien. Sie führten mich weg.

Wohin?

Zunächst brachten sie mich auf das Krankenrevier. Dort wurde ich einige Tage festgehalten. Ich redete wirres Zeug, wie im Fieberwahn. Dann wurde ich ins Krankenhaus gebracht.

Was sagten Sie?

Ich hab sie nicht weggenommen! Ich hab sie nicht weggenommen!

Ich verstehe. Dann brachte man Sie zu mir. Ich verschreibe Ihnen jetzt ein Antidepressivum. Das nehmen Sie eine Zeitlang ein. Die Schwestern werden Ihnen behilflich sein. Später wird man Sie wieder zu mir bringen. Ich hoffe, dass Sie in kurzer Zeit genesen werden. Bald werden Sie zu Ihrer Einheit zurückkehren. Machen Sie sich keine Sorgen, ich werde dafür sorgen, dass Sie von der Wasserdepotwache befreit werden.

Führt ihn bitte weg!

30. November 1990 / Ankara

Militärkrankenhaus

Dienststube von Hauptmann Cenk Erden, Militärarzt

Unmittelbar nach Beendigung dieses Gesprächs haben wir den Patienten verloren, noch bevor er sein Zimmer erreichte.

Wie ist es passiert?

Auf dem Korridor, in Begleitung der Wachen, wurde ihm plötzlich schlecht und er starb noch an Ort und Stelle.

Todesursache?

Es konnte keine Diagnose gestellt werden. Als ich den Lärm hörte, lief ich auch hin. Speichel war ihm aus dem Mund gelaufen; die Augen weit aufgerissen, so lag er da.

Interessant.

Es wird noch interessanter. Ich habe eine Untersuchung in Auftrag gegeben. Ich bat im Archiv um die Liste aller einfachen Soldaten des Jahrgangs 1947. Ich suchte alle Wachhabenden für den Monat November heraus, die für das Depot eingeteilt waren. Du wirst es nicht glauben, aber die Wachhabenden der Nacht vom 13. November 1947 zwischen drei und fünf Uhr sind verschollen. Sie konnten trotz intensivster Suche nicht gefunden werden. Das Depot hatte auch einen Wachhund, Geschlecht und Alter sind nicht vermerkt, der ist jedenfalls auch verschollen.

Unglaublich!

Es kommt noch besser. Einer der verschollenen Soldaten stand kurz vor der Entlassung. Er war verlobt, in zwei Wochen, sobald er entlassen war, wollte er heiraten.

Und was war mit seiner Verlobten?

Sie erlitt einen Nervenzusammenbruch, bestand darauf, den Ort zu sehen, an dem er verschwand. Die Genehmigung wurde eingeholt und sie wurde, in Begleitung von zwei Soldaten, zum Wasserdepot gebracht.

Dann?

Sie ging auf den Friedhof hinter dem Depot zu und verschwand darin.

Kaum zu glauben.

Richtig! Wie geschaffen für eine Erzählung.

13. September 2003 / Istanbul

Sachbuchautor Esat Çelik im Gespräch mit dem Herausgeber des Verlags

Ich habe recherchiert, 1990 wurde im Krankenhaus kein solcher Vorfall dokumentiert. Wir sind alle Einheiten mit einem Wasserdepot von 500 Tonnen Fassungsvermögen durchgegangen.

Wache

Weder in den Jahren 1947/48 noch in den Jahren 1989/90 ist jemand im Dienst gestorben oder verschollen.

Dann muss es sich um eine Räuberpistole handeln.

Das denke ich auch. Schließlich endete es ja auch mit „Richtig. Wie geschaffen für eine Erzählung". Aber da ist doch noch etwas...

Und zwar?

In den Protokollen der Wasserdepotwachen einer Einheit in Ankara steht, dass die Wachposten häufig angaben, eine Stimme zu hören.

Seit wann?

Zum ersten Mal soll es im November 1990 vorgekommen sein, danach ist es in bestimmten Abständen bis heute immer wieder in den Aufzeichnungen zu finden. Hinter dem Depot ist ein Friedhof, die Stimme soll von dort kommen.

Was ist es denn, was sie hören?

Ich hab sie nicht weggenommen! Ich hab sie nicht weggenommen!

Dasein und Fehlen

(Sein und Nichtsein)

Für gewöhnlich, wenn ich tagsüber die Wohnung verließ, sah ich ihn vor der Haustür sitzen. Er hatte lange, schmutzige Haare. Eine billige Flasche Wein neben sich, saß er da und starrte ins Leere. Auf einer alten, schmuddeligen Decke voller Flöhe, auf der es kein Hund ausgehalten hätte, nicht einmal, wenn man ihn angebunden hätte. In der einen Hand hielt er eine Stricknadel, in der anderen einen Stein. Er stemmte die Stricknadel gegen den Beton und schlug mit dem Stein darauf.

Tock tock tock

Ab und zu hielt er inne, nahm einen Schluck aus der Flasche und dann weiter:

   Tock tock tock

Ich sah ihn eine Weile an und machte mich auf den Weg. Der Lärm hörte auf. Ich blieb stehen. Ich blieb nur stehen, ohne mich umzuschauen.

   Tock tock tock

Ich ging weiter. Wenn es Nacht wurde und ich heimkehrte, hörte ich das gleiche Klopfen, bevor ich in die Straße bog.

   Tock, tock tock

Ich fand ihn am selben Fleck vor, als hätte er sich nicht geregt. Ich fragte mich, wie er den Tag verbracht hatte. Soziale Kontakte sind anfällig, Zufallsbekanntschaften von kurzer Dauer. Heute die allerbesten Freunde, eitel Sonnenschein, morgen geht man grußlos aneinander vorbei, als wäre nie was gewesen... Einfach nicht mehr da. All diese Sorgen hatte er nicht. Er saß da vor der Tür in all seiner Pracht, als habe er nie etwas verloren. Decke, Stricknadel, Stein und Flasche;

immer am selben Platz, zur selben Zeit, die selbe Beschäftigung im Sinn. Die Anderen jedoch in einer sinnlosen, wahnsinnigen Hektik. Er war da. Sein Dasein, seine Präsenz war rätselhaft wie mein eigener Ausgangspunkt, ein Rätsel, dessen Anfang und Ende in sich selbst lagen. Ich ging in meine Wohnung und machte mir ein Bier auf. Und das Fenster.

Tock tock tock

Er war da. Sein Dasein zu leugnen, war unmöglich. Er ließ dich das mit all deinem Sein spüren. Nach einem halben Dutzend Bier ging ich ins Bett und schloss die Augen.

Tock tock tock

Tock tock tock

Für gewöhnlich wachte ich gegen Mittag auf, mit dem widerwärtigen Brummschädel nach durchzechter Nacht und sah aus dem Fenster.

Tock tock tock

Ich ging runter, sagte ihm, dass er sich verziehen solle. Er scherte sich den Teufel darum, er sah mich nicht einmal an.

Er nahm einen Schluck und schlenkerte den Stein hin und her.

Tock tock tock

Ein paar Mal im Monat ging ich auf die Polizeistation, legte meine Beschwerde dar und erstattete Anzeige.

Die Kinder fürchten sich.

Das Tock-Tock raubt uns den Schlaf.

Manchmal nahmen sie ihn mit. Eine oder zwei Nächte ohne ihn vergingen. Dann hallte das gleiche Klopfen zu irgendeiner Zeit des Tages wieder durch die Straßen.

Tock tock tock

In manchen Nächten fühlten sich die Straßenhunde von seinem Klopfen gestört und umstellten ihn und kläfften ihn an. Ich sah es mir vom Fenster aus an. Er scherte sich nicht um mich. Er sah nicht her, sprach nicht, wütete nicht, schrie nicht, rührte und fürchtete sich nicht.

Tock tock tock

So etwa gegen Morgen nahm ich in der Regel meinen letzten Schluck und sah mit dem Ruf zum Morgengebet ein letztes Mal aus dem Fenster. Umlagert von den Hunden, begleitet von ihrer Symphonie, schlummerte er glücklich.

Tock tock tock

Seine Gleichgültigkeit machte mich rasend, nicht minder seine Geduld, seine Entschlossenheit, seine Ausdauer. Das Tock-Tock hatte sich in mein Hirn eingehämmert. Es war da, im Bus, auf der Fähre, im Zug, immer, überall, selbst im Schlaf...

Tock tock tock

Er war da. Sein Dasein, sein Wesen. Entweder war er wahnsinnig oder er würde mich zum Wahnsinn treiben! An irgendeinem dieser immer gleichen Nachmittage wachte ich auf, war aber gleichsam ans Bett gefesselt. Als ließe es mich nicht frei. In mir war ein Gefühl der Leere, ein verdammtes Gefühl von Abwesenheit! Etwas fehlte. Hastig zog ich mich an und stürzte auf die Straße. Das Fehlen nagte an meinem Hirn. Auf halbem Weg kehrte ich um, ging wieder ins Haus, nahm zwei, drei Stufen auf einmal. Schweißgebadet klingelte ich an der Wohnungstür.

Wo ist er?

Wer?

Na er. Das Wesen.

Welches Wesen?

Der Typ vor der Tür.

Der Penner?

Meinetwegen. Der Penner.

Keine Ahnung.

Verdammt!

Genauso schnell stürzte ich wieder hinunter. Jeden, den ich sah, in jedem Geschäft, jedem Haus, fragte ich nach ihm. Ich ging auch auf die Polizeistation, da war er nicht. Unverrichteter Dinge ging ich zur Arbeit. Nach einem Tag voller Leere kehrte ich schweren Schrittes heim, mit einem Fläschchen Cognac.

Ich habe gute Nachrichten!

Ist der Alkohol billiger geworden?

Nein, wichtiger.

Was könnte wichtiger sein?

Der Gammler.

Was ist mit dem? Sag schon!

Ein Freudentag für die Straße.

Wieso?

Er ist tot.

Wer?

Na er.

...

Wir sind ihn los.

...

Kein Tock-tock mehr!

Ich leerte den Cognac in einem Zug, schleuderte die Flasche ins Treppenhaus. Ich holte ein Bier aus dem Schrank. Ich warf die Wohnungstür ins Schloss und stürzte mich auf die Straße.

Ich lief durch menschenleere Straßen. Stundenlang trottete ich ziellos durch unser Viertel. Irgendwann stand ich an einer abgelegenen Haltestelle vor einer Bretterbude. Ich sah mich um, sah die Stadtstreicher. Die Herren der Straße. Die Männer der Freiheit saßen um ein Feuer herum und tranken Wein.

Wer möchte drei warme Mahlzeiten am Tag und drei Flaschen guten Weines?

Ich!

Dann komm mit!

Den Mann der Freiheit im Schlepptau, klingelte ich an unserer Wohnungstür. Das ist der einzige Vorteil des Verheiratetseins: Ich brauchte keinen Schlüssel.

Gib mir eine von deinen Stricknadeln.

Was hast du damit vor?

Gib schon her!

Warte...

Und eine Wolldecke, zwei Teller voll Essen und eine Flasche Wein.

Ich breitete die Wolldecke auf dem Bürgersteig aus, stellte den Wein daneben. Ich drückte ihm einen Stein in die Hand und erklärte es ihm.

Vergiss nicht, die Haare musst du dir noch wachsen lassen!

Gemächlich stieg ich die Treppe hoch.

Tock tock tock

Mit einem merkwürdigen Lächeln auf dem Gesicht, einer schier unbeschreiblichen Behaglichkeit zog ich mich aus und legte mich in mein Bett.

Tock, tock, tock

Jetzt war alles perfekt.

Möchtegern-Dichter

Ich habe nur noch vier Zigaretten, und die Stummel, die mir noch den einen oder anderen Zug garantieren. Dabei ist noch lang hin bis zum Morgen. Mit Alkohol sieht's auch nicht gerade rosig aus, nur noch zwei Flaschen Bier. Ich sitze auf dem Sessel am offenen Fenster, es ödet mich langsam an, hinauszuschauen. Ich stehe auf und gehe zum Bücherschrank. Ich habe viele Bücher. Überall, wo ich bin, lasse ich ein paar mitgehen. Ich lasse meine Blicke über die Buchrücken schweifen, ziehe eines raus und kehre zum Sessel zurück. Schönes Buch! Der Umschlag gefällt mir, Möwen fliegen darauf hin und her, der Einband ist auch schön. Der Autor ist Deutscher. Ich beginne zu lesen. Ein grauenvoller Anfang! Todlangweilig. Ich lege das Buch sofort zur Seite. Deutsch ist mir sowieso zuwider. Nicht etwa, dass ich's könnte, aber meine Vorahnungen sind sehr stark, ich weiß auch so, dass der Anfang grauenvoll ist. Der Anfang ist wichtig. Wenn ihm der Anfang nicht gefällt, liest der Leser nicht weiter.

Ich streife mein Hemd über, knöpfe es nicht zu, öffne die Tür und gehe die Treppe hinunter. Das Treppenhaus ist ruhig, alle schlafen. Das ist gut, denn bei fast allen Nachbarn stehe ich in der Kreide. Ich öffne den Briefkasten. Leer. Wer zum Teufel sollte mir schon einen Brief geschickt haben. Um diese Zeit. Ich schließe ihn wieder zu. Leise steige ich wieder die Treppe hoch in meine Wohnung. Ich ziehe das Hemd aus, öffne die

Bierflasche und setze mich in den Sessel. Ich überlege, wann ich zuletzt etwas geschrieben habe, der Teppich ist voller zusammengeknüllter Blätter. Vor etwa einem Monat schrieb ich ein Gedicht, es war nicht schlecht, ich schickte es einer Zeitschrift. Ich habe immer noch keine Antwort. Seit Jahren schicke ich alle Gedichte und Geschichten, die ich schreibe, an Zeitschriften und Verlage. Bis heute habe ich nicht eine einzige Antwort bekommen, ob positiv oder negativ. Zu freundlich von den Leuten. Ich gebe nicht auf, ich weiß, dass ich gut bin.

Ich muss irgendetwas schreiben, vielleicht eine Erzählung. Ja, ich müsste eine gute Erzählung schreiben und an einige Verlage schicken. Ich muss den Leuten Gelegenheit geben, mich zu entdecken. Es wäre unfair, dieses Talent für mich zu behalten. Ich erhebe mich vom Sessel, setze mich vor die Schreibmaschine. Ich finde nichts, worüber ich schreiben könnte, als hätte ich alles geschrieben und nichts übriggelassen. Aber das Alphabet ist nicht ganz unschuldig, alles in allem bloß neunundzwanzig Buchstaben! Ich unternehme einige Versuche, es geht nicht. Ich kehre zum Sessel zurück. Zigaretten- und Alkoholkonsum muss ich gut dosieren, sonst endet es in einem Desaster.

Mein Magen knurrt. Zu Recht. Ich habe Hunger. Ich gehe in die Küche, öffne den Schrank. Ein Bund Petersilie, wer weiß woher, eine halbe Tomate, ein Ei. Wunderbar! Wenn ich das Ei koche, mit Salz und ein wenig Paprikapulver bestreue, überlege ich, dazu die halbe Tomate! Ein Festmahl! Ach, wenn ich noch ein Viertel Brot hätte. Ich nehme das Ei behutsam in die Hand, fülle einen Behälter mit Wasser und will eine Herdplatte anmachen, es geht nicht, weil ich keine Gasflasche habe. Ich weiß auch so, dass ich keine habe, schon seit langem nicht. Die letzte hatte ich anschreiben lassen. Ich schlage das Ei auf, lasse es in ein Glas gleiten, streue ein wenig Salz darauf und trinke es. Anschließend esse ich die Tomate.

Ich kehre zu meinem Sessel zurück und rauche gemächlich eine Zigarette und nehme zwischendurch einen Schluck von meinem Bier. Dann denke ich nach... Ich muss etwas schreiben und abschicken und dann auf Antwort warten. Ich stelle es mir vor: Eines Nachts, bei der Heimkehr, öffne ich den Briefkasten. Großer Gott, ein Umschlag! Ich schaue drauf, vom Verlag. Ich setze mich auf die Stufen und reiße ihn auf.

Nein, nein, ich reiße ihn nicht auf, ich zerfetze ihn! Ein Blatt, maschinenbeschrieben...

„Sehr geehrter Herr ...,

Zunächst einmal möchten wir uns für die verspätete Antwort entschuldigen. Nach eingehender Prüfung Ihrer Gedichte und Erzählungen haben wir uns entschlossen, sie zu veröffentlichen. Ihr Einverständnis vorausgesetzt, möchten wir diese und weitere Ihrer Werke drucken, die Sie uns bitte noch zukommen lassen. Unser Verlag würde sich glücklich schätzen, sie zu veröffentlichen.

Mit besten Grüßen."

Ich sehe mich um, ich stehe vor dem Hauseingang. Ich setze mich auf die Stufen. Es ist also kein Traum, sondern ein Tagtraum. Umso besser, Tagträume sind schöner als Träume, du hast wenigstens ein Mitspracherecht. Also weiter. Vor dem offenen Briefkasten sehe ich auf das Blatt in meiner Hand. Ich lese es wieder und wieder und wieder. Nun kenne ich jeden einzelnen seiner Buchstaben: Ich könnte ihn mit geschlossenen Augen noch einmal schreiben, auf das selbe Blatt, am selben Punkt, auf selber Höhe beginnend, sogar buchstabengetreu. Ich sehe mich noch einmal um, dann lese ich ihn noch einmal. Es ist soweit, mein Lieber! Man hat dich entdeckt. Du solltest nichts übereilen, lass sie ruhig zappeln. Verhalte dich wie ein großer Dichter, zeig ihnen, wo es lang geht. „Ja, da sind Sie wohl knapp einer fatalen Fehleinschätzung entgangen." Sag ihnen: „Wenn Sie noch ein wenig gezögert hätten, hätte mich ein anderer Verlag weggeschnappt."

Ich richte mich auf. Ich bin ruhig, äußerst ruhig. Das hatte ich ohnehin erwartet. Ich öffne die Haustür und trete ein. Ich bin ziemlich gelassen. Ich schalte das Licht ein. Ich bin ruhig, mir geht's gut. Ich hab's ja immer gewusst. Langsam steige ich die Treppe hoch. Ich bin ein reifer Mensch, das Leben hat mich reifen lassen. Sonst hätte ich kein Dichter werden können. Plötzlich stoße ich einen Schrei aus, einen Freudenschrei. Dann verstumme ich. Einige Male schlage ich mit dem Kopf gegen die Wand im Treppenhaus, die Nachbarn öffnen ihre Wohnungstüren. Es ist nichts, ich bin ganz ruhig. Ich spüre eine große Last auf mir. Große Verantwortung lastet auf mir, meine Leser erwarten ständig neue Erzählungen von mir, ich muss ihre Erwartungen erfüllen. Ich bin die Ruhe selbst. Ich bin mir all meiner Verantwortung bewusst. Tag für Tag werde ich Hunderte von Briefen beantworten müssen, werde Würdigungen und Glückwünsche entgegennehmen, man wird mich sehen wollen. Sie werden ihren Dichter berühren, mit ihm schlafen wollen. Das ist natürlich ihr gutes Recht, aber ich muss mich meiner Kunst widmen. Mit solchen Dingen kann ich nicht meine Zeit verplempern. Ich denke an den Menschenandrang, besonders beim Betreten und Verlassen der Wohnung. Wer weiß, seit wie vielen Stunden sie da schon warten. Sobald sie mich sehen, fangen sie an zu kreischen. Junge Mädchen, Frauen, Männer. Alle kreischen und schreien, die Nachbarn hängen an den Fenstern. Die Journalisten rennen hin und her.

Herr Günay, hätten Sie kurz Zeit für uns?

Nein, ich habe überhaupt keine Zeit.

Bitte! Nur ein paar Fragen.

Ich sagte doch: Nein.

Auf der anderen Straßenseite treten sich die Leute gegenseitig auf die Füße, um sich mir nähern zu können.

Herr Günay, ein Autogramm bitte!

Ein Foto bitte!

Darf ich Sie berühren?

Ich mag das nicht. Es ist schwer, berühmt zu sein, es ist nicht so, wie man es sich vorstellt. Mein Assistent bahnt mir den Weg. Ich steige in den Wagen, mein Fahrer ist solche Situationen gewohnt, er gibt Gas. Ein Gedränge und Gerenne nach mir. Wirklich schwer. Sie können sich nicht vorstellen, wie schwer. Glauben Sie mir, Sie würden nicht mit mir tauschen wollen. Ich gehe zum Verlag, der Eingang ist umlagert. Die Sicherheitsleute können die Leute kaum halten.

Unter Mühen trete ich ein, das Gebäude ist ebenfalls voller Leute.

Ihr letztes Buch schlägt alle Verkaufsrekorde, aus Europa und Amerika kommen Interviewanfragen.

Lehnt sie ab, sagt, dass ich zur Zeit mit niemandem sprechen möchte.

Unglaublich! Gerade eben kam ein Fax, ihr Buch ist für den Nobelpreis vorgeschlagen!

Ich hoffe, dass ich da nicht hin muss, ich habe viel zu tun. Eine von euch kann mich ja vertreten und den Preis entgegennehmen.

Mein Magenknurren bringt mich wieder zu mir. Ich öffne das zweite Bier und zünde mir noch eine Zigarette an. Ich setze mich an die Schreibmaschine und beginne zu tippen.

„Ich habe nur noch vier Zigaretten, und die Stummel, die mir noch den einen oder anderen Zug garantieren. Dabei ist noch lang hin bis zum Morgen. Mit Alkohol sieht's auch nicht gerade rosig aus, nur noch zwei Flaschen Bier. Ich sitze auf dem Sessel am offenen Fenster, es ödet mich langsam an, hinauszuschauen."

....

Es gefällt mir nicht, ich ziehe das Blatt aus der Maschine, zerknülle es und werfe es auf den Boden. Ich lege ein neues Blatt ein und beginne von Neuem:

„Es ist schwer, berühmt zu sein, es ist nicht so, wie man es sich vorstellt. Mein Assistent bahnt mir den Weg. Ich steige in den Wagen, mein Fahrer ist solche Situationen gewohnt, er gibt Gas. Ein Gedränge und Gelaufe nach mir. Wirklich schwer. Sie können sich gar nicht vorstellen, wie schwer. Glauben Sie mir, Sie würden nicht mit mir tauschen wollen."

Auch das zerknülle ich und schleudere es in die Ecke. Es ist grauenvoll. Es gefällt mir überhaupt nicht, ich gehe zurück in die Küche. Wenn ich ein Stück Brot hätte, meinetwegen auch trockenes, aber es ist nichts da. Ich trinke mein Bier aus und lasse mich aufs Bett fallen.

Mit dem Klingeln des Weckers wache ich auf, es ist Morgen. Ich sollte mich schnell aus dem Staub machen, ehe jemand aufwacht. Den üblichen Aufstand kann ich heute nicht ertragen. Als ob ich meine Schulden nicht bezahlen würde, wenn ich Geld hätte! Ich ziehe mich hastig an und stürze raus auf die Straße. Draußen ist es ruhig. Niemand da außer den Katzen und Hunden. Sie durchwühlen den Müll nach Essbarem. Die Geschäfte sind noch geschlossen. Ich laufe durch die verlassenen Straßen, ein schöner Morgen, die Sonne ist schön, das Leben ist schön! Ich höre einen Wagen kommen, es ist der Brotlieferant. Er stellt die Brotkisten vor den Läden ab und fährt davon. Es duftet herrlich nach ofenfrischem, warmem Brot. Ich warte, bis sich der Lieferwagen entfernt hat, dann schleiche ich mich vor den Laden, schnappe mir ein Brot, stecke es unter mein Hemd und mache mich davon. Ich trete in den erstbesten Hauseingang und schlinge das Brot gierig herunter. Den Rest stecke ich in mein Unterhemd. Ich trete auf die Straße hinaus und sehe den Zeitungswagen. Er schleudert das Zeitungsbündel vor das Geschäft und fährt weiter. Ich ziehe mir eine heraus. Ein Dichter muss auf dem Laufenden sein, muss wissen, was so in der Welt passiert. Ich laufe weiter.

Allmählich strömen die Menschen auf die Straßen, alle schlaftrunken. Sie drängen sich an Bushaltestellen und auf Bahnhöfen. Ich betrachte sie eine Weile, meine Zeitung unter dem Arm. Ich habe mich seit mindestens einem Monat nicht rasiert. Mein Hemd hängt über der Hose. Wer mich sieht, könnte erkennen, dass ich ein Dichter bin, aber sie würdigen mich keines Blickes. Ich setze mich in einen Park, schlage die Zeitung auf und lese. Eine Hiobsbotschaft nach der anderen! Nicht eine einzige erfreuliche Meldung! Es bereitet mir Verdruss, ich krame mein Brot hervor, wickele es in einen Teil der Zeitung und lege es beiseite, dann lege ich mich auf die Bank und schlafe ein.

Verdammte Bälger!! Sie zerren und ziehen an mir, ich scheuche sie fort und sehe mich um. Ein paar Stunden muss ich geschlafen haben, mir tun alle Glieder weh. Ich laufe auf die Bahnschienen zu. Die Straßen sind ruhig. Einige fliegende Händler sind unterwegs, an einigen Fenstern Frauenköpfe mit Kopftuch und jede Menge Kinder. Ich hasse die Kinder, ebenso die Männer. Die Frauen aber liebe ich. Ich komme an einem Restaurant vorbei. ‚Kellner gesucht' steht da, ich trete ein. Sie stellen mich nicht ein. Ich stinke nämlich. Weil ich mich seit einem Monat nicht gewaschen habe. Ich konnte die

Wasserrechnung nicht bezahlen, das Wasser ist abgestellt. Zu allem Übel juckt es mich überall, am meisten am Kopf. Ich trotte weiter. Ich habe kein Geld in der Tasche, hätte ich welches, ginge ich in den Hamam und würde mich waschen. Und rasieren. Dann hätten sie mir diesen Job vielleicht gegeben. Eigentlich habe ich gar nicht vor zu arbeiten, aber ich habe nichts mehr zu trinken. Es gibt weit und breit kein Geschäft mehr, wo ich nicht in der Kreide stehe. Ich fasse einen Entschluss und schlage den Weg zu Mutters Wohnung ein.

Ich stehe vor dem Haus, in dem sie wohnt. Jedes Mal ist es so, als verändere sich dieses Haus nie, als sei die Zeit hier stehen geblieben. Ich drücke auf die Klingel, die Tür geht auf. „Wie siehst du denn aus?" sagt sie. „Es geht mir gut", sage ich.

Sie lässt mich eintreten. „Du stinkst fürchterlich, geh ins Bad und wasch dich!" Ich sage, dass ich erst gestern gebadet habe, aber sie nimmt es mir nicht ab. Sie schiebt mich ins Bad. Es blitzt, ich drehe den Wasserhahn auf, das Wasser läuft. Wie ein Wunder! Ich ziehe mich aus. Mutter klopft an die Tür und reicht mir saubere Unterwäsche durch. Ich nehme sie entgegen. Ich berühre sie, sie ist schneeweiß, blitzsauber, samtweich. Liebe Mutter, ich danke dir. Ich stelle mich unter die Dusche, meine

Tränen mischen sich mit dem Wasser, das auf mich herabrieselt.

Mit dem samtweichen Badetuch trockne ich mich ab, ziehe mir die frische Wäsche an. Als ich nach meiner Hose greifen will, klopft Mutter erneut an die Tür. Ich öffne sie einen Spalt, sie reicht mir ein Hemd und eine Hose. Ich nehme sie und ziehe sie an. Ich gehe in die gute Stube, Essensduft empfängt mich. Sie lässt mich am Tisch Platz nehmen. Warme Speisen, das hervorragende Essen meiner Mutter! Ich mache Anstalten zu gehen, sie schlägt vor: „Geh nicht, zieh zu mir!" Ich lehne ab. Ich sage, dass ich schon für mich sorgen könne, dass meine Erzählungen regelmäßig in Zeitschriften veröffentlicht werden. „Die sind nur diesen Monat mit dem Bezahlen im Rückstand", sage ich. Sie sieht mich an. Ich lese in ihren Augen, wie sehr sie sich wünscht, mir glauben zu können. Alt ist sie geworden, der Tod hat sich auf ihr Gesicht eingezeichnet.

Ich bitte um ein Glas Wasser, sie geht in die Küche. Ich mache mich hastig auf zur Garderobe, hole die Geldbörse aus ihrer Handtasche. Sie ist prall gefüllt, sie muss dieser Tage ihre Witwenrente abgeholt haben. Ich stecke das ganze Geld in meine Hosentasche, selbst die Münzen.

Sie kommt mit dem Wasser, ich trinke es und gehe zur Tür. „Warte" sagt sie und greift nach ihrer Tasche, um mir Taschengeld zu geben. Ich halte ihre Hand fest und sage, dass ich das niemals annehmen könnte: „Du kommst doch selbst kaum über die Runden", sage ich. Sie versucht nicht, mich zu überreden. Ich weiß, dass sie nur so viel Geld hat, dass es grade für sie selbst reicht, nicht einen Kuruş mehr. Sie weiß das auch. Hilflos sagt sie: „Lass dich bald wieder blicken". „Klar", sage ich, ziehe die Tür hinter mir zu und gehe.

Es ist schönes Wetter, der Ball der Kinder rollt zu mir herüber, ich trete ihn zurück. Ich bin glücklich, frisch gebadet, trage saubere Klamotten, habe warm gegessen und reichlich Geld in meiner Tasche. Natürlich bin ich auch glücklich, meine Mutter gesehen zu haben. Ich kehre zurück in unser Viertel. Die Nachbarn sind erstaunt, mich am helllichten Tag und noch dazu sauber und adrett zu sehen. Zuerst betrete ich den Laden des Krämers, er verzieht das Gesicht. Ich frage ihn nach meinen Schulden, er staunt. Ich bezahle. Dann gehe ich zum Spirituosenhändler und kaufe einige Flaschen Wein, von dem guten und reichlich Zigaretten. Dann rufe ich den Gasflaschenmann an und bestelle eine Flasche. Aus dem Supermarkt besorge ich ein paar Fertiggerichte und kehre heim. Der Vermieter passt mich im Treppenhaus ab, ich blättere ihm die Miete meiner kleinen Wohnung auf die Hand. Er ist verblüfft. „Eine Erzählung von mir wurde in einer Zeitschrift veröffentlicht, ich habe das Honorar bekommen" sage ich zur Erklärung und setze meine Dichtermiene auf. Ich gebe ihm etwas mehr Geld und bitte ihn, die Wasser- und Stromrechnungen zu begleichen.

Ich betrete die Wohnung, sie erscheint mir paradiesisch schön. Ich räume meine Einkäufe ein. Der Gasflaschenmann kommt, ich bezahle, auch meine Schulden. „Nichts für ungut", sage ich, „Ich war im Urlaub." Ich schließe die Tür, ich bin glücklich, sehr glücklich sogar. „Ich muss schreiben", sage ich zu mir selbst. „Ich muss schreiben!" Ich entkorke den Wein, zünde meine Zigarette an. Ich schreibe eine erotische Geschichte, sage ich mir und schicke sie an Porno-Zeitschriften. Ich setze mich umgehend an die Schreibmaschine und beginne zu schreiben.

„Sie knöpft mein Hemd auf, streckt mir ihre Hände entgegen, zieht mich zu sich hoch und wir gehen gemeinsam ins Schlafzimmer. Langsam streift sie ihre Hose ab. Diese Beine! Auch ich streife meine Hose ab, lasse mein Hemd auf den Boden fallen. Meine Socken behalte ich an. Ich lege mich auf das Bett. Sie legt sich neben mich, stülpt mir ihre Lippen entgegen. Gott! Wie sie duftet."

Es gefällt mir nicht, ich ziehe das Blatt aus der Maschine, zerknülle es und werfe es aus dem Fenster. Ich setze mich in meinen Sessel, dann springe ich mit einem Mal auf. Mir ist danach, mich für all diese Gaben mit all meiner Herzlichkeit und Aufrichtigkeit zu danken: „Gott, hab Dank! Vor allem für den Wein und für all die Frauen, die du erschaffen hast und erschaffen wirst!"

Mitten in die Dankeszeremonie hinein klingelt es, ich öffne. Eine der Frauen vom Haus gegenüber, mit einem Fetzen Papier in der Hand, sie schreit mich an: „Schämst du dich nicht, solch unanständiges Zeug zu schreiben? Du verdirbst ja die kleinen Kinder!" Sie schleudert das Papier in die Wohnung, kehrt auf dem Absatz um und geht die Treppen hinunter. Ich sehe ihr hinterher, dann gehe ich hinein. Ich hebe das Papier auf. Ich strecke meinen Kopf zum Fenster hinaus. Ich zerknülle das

Blatt zu einem ganz festen Knäuel, warte, bis die Frau auf der Straße ist, schleudere es in ihre Richtung und ziehe meinen Kopf wieder ein. Ich weiß nicht, ob ich sie treffe, aber ich höre das Gelächter der Kinder.

Ich überlege, wie lange es her ist, dass ich mit einer Frau schlief, ich kann mich nicht erinnern. Auch daran, seit wann ich hier wohne, seit wann ich schreibe, kann ich mich nicht erinnern. Ich öffne die Tür des Schrankes, in dem ich die Kopien von allem aufbewahre, was ich geschrieben habe. Es sind ziemlich viele Blätter, ich beginne zu lesen. Ich fühle so etwas wie Stolz. Ich schreibe ausgezeichnet, aber außer mir weiß das niemand. Ich verbringe den Tag mit meinen Erzählungen, meinem Wein und meinen Tagträumen. Es wird dunkel, die Menschen kehren von der Arbeit heim. Ein Tag wie der andere.

Morgens aufstehen, zur Arbeit fahren. Bis zum Abend arbeiten, dann in einem überfüllten Linienbus zurück nach Hause. Sich im Gedränge an einer Frau reiben, wenn man Glück hat. Sich eine der blödsinnigen Sendungen im Fernsehen ansehen, essen und ins Bett gehen. An den Wochenenden hastigen Sex mit der Ehefrau. Wie sinnlos und öde mir das vorkommt. Ich schätze mich glücklich, zum Dichter auserkoren zu sein. Die Lichter gehen nach und nach aus, ich entkorke noch eine Weinflasche.

Mir fällt nichts ein, was ich schreiben könnte, ich flehe um ein Thema, eine Eingebung, es wird nicht gewährt. Wieder strecke ich den Kopf aus dem Fenster. In einem der Fenster vom Haus gegenüber sehe ich Umrisse, einen Schatten. Das Zimmer selbst ist dunkel, aber es dringt Licht von einem anderen Zimmer hinein. Da ist sie, die Frau, die das Blatt brachte und mich anschrie. Sie zieht sich aus, er liegt schon im Bett, nackt. Er sieht ihr wohl beim Ausziehen zu, denke ich. Ich bin erstaunt. Es ist nicht einmal Wochenende! Ich beobachte sie, ihren splitternackten Körper. Gar nicht schlecht. Irgendwann wendet sie den Kopf in meine Richtung und sieht mich, hastig zieht sie die schweren Vorhänge zu, ich gehe zurück ins Zimmer. Ich lege mich aufs Bett, stelle sie mir vor und schlafe ein. Ich schlafe wunderbar in dieser Nacht, ich muss nicht in aller Frühe aufstehen und mich davonschleichen. Gegen Mittag wache ich auf und gehe aus dem Haus. Ich halte vor einer Konditorei. Es duftet herrlich, ich stecke den Kopf hinein. An dem einen Tisch schäkern zwei Gymnasiasten. An dem sitzt ein junger Mann und nimmt ab und zu einen Schluck von seinem Teeglas, während er in einem Buch liest. Ich nähere mich ihm, wünsche einen guten Morgen und setzte mich ihm gegenüber. Er sieht von seinem Buch auf, erwidert meinen Gruß und liest weiter. Der Kellner kommt und fragt, was ich haben möchte. „Frühstück", sage ich. „Und einen Tee." Er entfernt sich. „Was lesen Sie?" frage ich den Mann. Wieder hebt der den Blick und streckt mir den Buchdeckel entgegen. „Kein schlechtes Buch", sage ich. „Sie haben es gelesen?" fragt er. „Vor Jahren", antworte ich. „Aber es ist eine Neuerscheinung" sagt er. „Ja, die Übersetzung", sage ich. „Ich hatte es im Original gelesen." Ich beginne ihn zu interessieren, da kommt schon mein Frühstück. „Ich lese gern", sagt er. Ich sage, dass ich noch lieber schreibe. Er staunt. Er fragt, was ich schreibe. Zur Zeit an einem Roman, sage ich. Er zeigt sich interessiert und sagt, dass er sich freuen würde, wenn er die Gelegenheit hätte, meinen Roman zu lesen. „Möglich", sage ich. Ich nehme das Buch, das er beiseite gelegt hat, in die Hand, mustere es naserümpfend und sage, dass der Autor ein

Möchtegern-Dichter

blasser Durchschnittstyp ist und lege es wieder auf den Tisch. Er fragt, wen ich ihm empfehlen könne. Ich nenne einige Namen.

Er sagt, dass er keinen von ihnen kenne. Ich doch auch nicht.

Ich sage, dass ich mich sehr freue, ihn kennen gelernt zu haben. „Vielleicht könnten wir uns ja wiedersehen?" fragt er. „Selbstverständlich", antworte ich, „ich bin Stammkunde der Konditorei, hier können Sie mich immer finden, immer zu dieser Tageszeit." Er sagt, dass er erfreut sei, steht sogar auf, als ich aufbreche. Ich gebe ihm die Hand und sage: „Das geht auf mich. Ich lasse es auf meine Rechnung setzen." Er bedankt sich. Ich nehme das Buch vom Tisch und klemme es unter den Arm und beim Hinausgehen zeige ich auf ihn und sage dem Kellner: „Er zahlt." Der Kellner nickt, als wolle er sagen, alles klar, ich trete hinaus.

Beim Hinaustreten aus dem Bahnhof hole ich mir von dem Simit-Verkäufer einen Simit und zwei Teigtaschen. Während er die Sachen einpackt, lege ich ihm die Münzen auf die Glasplatte seines Verkaufswagens. Ich schlage den Weg hinunter zur Bahnstrecke ein, laufe zwischen den alten Gleisen. Etwas weiter weg sitzen die Klebstoffschnüffelkinder, ich gehe auf sie zu. Sie sind zu fünft oder sechst. Als sie mich sehen, stehen sie auf, niemand weit und breit außer mir und ihnen. Sie kommen auf mich zu und betteln um Geld. Ich sage ihnen, dass ich nichts dabei habe. Sie glauben mir nicht, einer zückt ein Messer, ich sage, dass ich mich nicht fürchte. Er hat es auf die Tüte in meiner Hand abgesehen, ich sage ihm, dass das mein Abendessen ist und dass ich nicht dran denke, ihm mein Abendessen zu überlassen, er hält mir das Messer vors Gesicht. Sofort gebe ich ihm die Tüte und mache mich schnell davon...

Ich kehre heim. Strecke meinen Kopf aus dem Fenster, sehe mich um. Es klingelt, ich sehe durch den Spion. Die Vermieterin. Hexe! Widerwärtiges Weib! Geldgierige Schreckschraube! Ich hasse sie. Drecksau! Ich öffne die Tür. Sie hat einen Teller in der Hand, es duftet herrlich. „Ich hatte Besuch", sagt sie, „ich hab gekocht und dir einen Teller beiseite gelegt.". „Oh Gott!", rufe ich aus, „Was täte ich ohne Sie! Sie wissen doch, dass Sie das Einzige sind, was diese Bruchbude verschönert? Ihre Anwesenheit macht diese Mietskaserne erträglich. Sie wissen doch, dass ich es nicht einen Tag hier aushielte, wenn Sie nicht wären. Jede Nacht bete ich vor dem Einschlafen für Ihr Wohlergehen!" Ich nehme ihr den Teller ab, stelle ihn auf den Tisch und drücke die Frau herzlich an mich und küsse sie auf die Wangen. Sie küsst mich auch, sie stinkt nach Schimmel. Ich bedanke mich, sie geht. Meine Vermieterin ist nett, ich mag sie. Ohne sie wäre ich nicht eine Minute länger in diesem Drecksloch. Ich mache ein Bier auf und setze mich an den Tisch. Gerade als ich die Frikadelle mit der Gabel aufspießen will, klopft es an der Tür. „Ich bin nicht da!" Wie eine Trommel im Ramazan klopft es, ich mache wohl oder übel auf. Zwei Typen stehen vor mir. Aus meinem alten Viertel, das heißt aus Mutters Viertel. Beide kenne ich seit meiner Kindheit. Sie treten ein, ohne abzuwarten, dass ich sie herein bitte. Ich sage, ich sei beschäftigt, es kümmert sie nicht. Der eine macht sich über meine Frikadelle her, der andere schnappt sich die Bierflasche. Mist!

    Du hast deine Mutter beklaut.

So was tu ich nicht.

    Wer war es denn dann?

Keine Ahnung.

Einer von ihnen geht zum Schrank und öffnet ihn. Es sind anderthalb Jahre her, dass ich zuletzt etwas in diesem Schrank gesehen habe.

Ich habe mir was geliehen.

    Du erwartest wohl nicht, dass wir dir abnehmen, dass dir überhaupt noch jemand was leiht.

Ein neuer Bekannter, kenn ich erst seit kurzem.

    Deine Mutter wollte, dass wir dich aufsuchen. Das Geld, das du bei ihr hast mitgehen lassen, gibst du uns zurück und wir bringen es ihr. Sie sagt, dass sie dir nicht böse ist.

Ich hab's längst ausgegeben, ist nur noch wenig übrig.

Dann gib uns, was du noch hast. Die Ärmste konnte sich nicht mal ihre Medikamente holen, sie schickt dir das Rezept, für den Fall, dass du es nicht glaubst. Wir haben zusammengelegt, das legen wir zu dem, was du uns gibst und holen ihr die Medikamente.

Auf einmal bereue ich, was ich getan habe. Ich stelle mir meine alte, kranke Mutter vor. Jahrelang kümmert sie sich um mich, zieht mich groß, erträgt meine Launen und den Kummer, den ich ihr bereite und was tue ich als Dank? Ich bestehle sie. Die Tränen laufen mir auf die Wangen.

Hör auf, Mann, so was kann vorkommen.

Jeder macht mal Fehler, Merih.

Ist das erste Mal, dass ich dich heulen sehe.

Gibt's hier irgendwo eine Bereitschaftsapotheke?

Bestimmt.

Gib mir das Rezept und das Geld, das ihr gesammelt habt.

Ich wische mir die Tränen ab, sage ihnen, dass sie nicht auf mich warten sollen. Rezept und Geld stecke ich in die Tasche. Ich kleide mich schnell an und verlasse die Wohnung. Unterhalb des Kinos in Aksaray müsste eine Apotheke sein, erinnere ich mich, ich mache mich dorthin auf den Weg. Währenddessen zähle ich das Geld, ob es wohl reicht, denke ich. Die Apotheke ist geöffnet. Ich sehe auf die Kinoplakate, ein Karatefilm, steht da, aber ich weiß, dass zwischendurch gewisse Ausschnitte gezeigt werden, ich kaufe eine Karte und gehe hinein. Das Geld reicht, es bleibt sogar etwas über. Gut gelaunt setze ich mich hin. Gleich nach mir nimmt ein Mann neben mir Platz, die Lichter gehen aus und der Film beginnt.

Zunächst sieht man viele mandeläugige Männer auf einer Straße am Meer. Sie tragen merkwürdige Kleidung. Am Ufer sind kleine Fischerboote und Ruderboote. Am anderen Ufer ist eine Reihe riesiger Wolkenkratzer zu sehen. Jede Menge mandeläugige Männer, jede Menge Boote, das Meer und jede Menge Wolkenkratzer. Ein riesiger Jeep nähert sich der Kamera. Männer in schwarzen Anzügen und mit Sonnenbrillen steigen aus. Zuletzt steigt langsam ein anderer Mann aus, das Aussteigen fällt ihm schwer. Zuerst sieht er sich um, dann gibt er einem seiner Männer ein Zeichen. Der Mann nähert sich, der andere flüstert dem Schmalen etwas ins Ohr. Dann geht der Schmale fort, flüstert den anderen was ins Ohr, dann gehen die Drei gemeinsam zu einem der Boote am Ufer. Im Boot ist ein mandeläugiger, alter Mann, auch seine Kleidung ist merkwürdig. Er hat einen kurzen, schütteren Bart. Auf der anderen Seite des Bootes sind die Söhne des Mannes. Der alte Mann scheint die Männer in den Anzügen nicht so wichtig zu nehmen, kümmert sich weiter um seine Arbeit, aber seine Söhne lassen die Anzugträger nicht aus den Augen. Da taucht der Getränkeverkäufer auf. Der Mann neben mir kauft eine Limonade. Die Spannung ist auf dem Höhepunkt, es ist nicht schwer, zu erahnen, dass es gleich losgeht. Wir sinken noch tiefer in unsere Sitze. Wir sind bereit! Auf einmal herrscht ein Tohuwabohu! Die Anzugträger springen ins Boot, einer holt zu einem Tritt gegen den Alten aus, dieser wehrt den Tritt mit dem rechten Arm ab, während er ihm mit der linken Hand einen tüchtigen Faustschlag auf die Brille versetzt. Im Boot kämpft jeder gegen jeden. Diese Mandeläugigen sind aber auch alle Karatekämpfer!

Da taucht eine blonde, nackte Frau auf. Schöne Frau! Engelslocken, blendend weiße Zähne, üppige Brüste, die Warzen rosig. Zwei Männer sind nun auf der Leinwand zu sehen. Sie sind splitternackt. Einer ist blond, der andere ein Schwarzer. Sie gehen auf die Frau zu, als sie sich nähern, lächelt sie, aber die Männer lächeln nicht. Sie legen sie rücklings aufs Bett, aber ich kann nicht sehen, was passiert, ich sehe den Rücken des Schwarzen und die Beine der Frau. Da taucht der Blonde auf, setzt sich ans Bett und beginnt, die Hände über die Beine der Frau gleiten zu lassen. Mann, ist die Szene realistisch gedreht! Mir ist, ich wäre die Frau und der Mann streiche mit der Hand über meine Beine. Es gefällt mir, es macht mich an. Seine Hände wandern höher, er greift ihr zwischen die Beine. Gott im Himmel! Es ist, als sähe ich nicht zu, sondern erlebte es wirklich! Die Hand des Mannes liegt nicht zwischen ihren, sondern meinen Beinen. Dann führt der Mann die Hände an ihre Brüste. Wunderbar! Gut, aber die Hand zwischen meinen Beinen streichelt ja immer noch? Ich senke den Kopf. Zwischen meinen Beinen... Da ist eine Hand. Drecksschwein! Ich greife mir die Hand und schleudere sie weg. Ich setze mich von ihm weg. Kurz darauf steht er auch auf und setzt sich neben einen Jüngling. Der Ausschnitt ist zu Ende, der blöde Karatefilm geht weiter. Es langweilt mich und verlasse das Kino.

Es ist dunkel geworden. Die Hände in den Taschen schlendere ich durch die Straßen. Ich gehe in einen Supermarkt, hole reichlich Bier. Ich öffne die Haustür und gehe leise die Treppe hoch, stopfe die Einkaufstüte mit dem Bier in den Mülleimer, klappe den Deckel zu und klingele. Man öffnet mir. Mit gesenktem Kopf trete ich schweigend ein. „Hast du die Medikamente gekauft?" fragen sie mich. Ich nicke zur Antwort. „Hast du sie deiner Mutter vorbeigebracht?" Wieder nicke ich. Einer streicht mir mit der Hand über den Rücken. In solchen Augenblicken bedarf es nicht vieler Worte, man verständigt sich mit den Herzen. Sie verabschieden sich wortlos. Ich warte eine Weile, dann öffne ich die Tür, hole die Biertüte rein, mache das Licht aus und schließe die Tür ab. Ich gehe ins Bad, strecke die Hand zum Wasserhahn aus. Aber ich drehe nicht sofort auf, ich warte. „Kein Wasser!" sage ich zu mir selbst. „Macht nichts", füge ich hinzu. Schließlich bin ich Fatalist. Ich kann dankbar und geduldig sein. Heute da, morgen fort. Man darf niemals klagen. Man muss genügsam sein. Ich drehe am Wasserhahn. Das Wasser fließt! Es gibt tatsächlich wieder Wasser. Natürlich! Ich hab doch schließlich bezahlt, wenn es nicht wieder da wäre, hätte ich den Vermieter zu Brei geschlagen, diesen Dreckskerl! Ich ziehe mich aus und stelle mich unter die Dusche. Das Leben ist schön, ich liebe das Leben. Was danach kommt, interessiert mich fürs erste nicht. Ich beginne zu zählen: „Fünf, vier, drei, zwei..." und es beginnt zu klopfen.

Du Dreckskerl, du Schuft!

Die Ärmste weint sich die Augen aus!

Mensch, das ist doch deine Mutter!

Das Wasser ist warm, ich entspanne mich.

Mach die Tür auf, Dreckskerl!

Ich seife meinen Kopf ein.

Hol dich doch der Teufel!

Ich glaub, mein Arm ist zu kurz, die Hälfte meines Rückens kann ich mit meiner Hand nicht erreichen.

Es wird still, ich verlasse das Bad. Ich ziehe mich nicht an. Ich öffne den Schrank, der Wein ist weg! Ich gehe zurück ins Zimmer. Die leeren

Flaschen liegen auf dem Boden. Die Dreckskerle haben alles ausgetrunken. Und mir geben sie die Schuld. Ich öffne ein Bier und lehne mich aus dem Fenster. Ich beobachte die Männer, die von der Arbeit heimkehren, manche mit Einkaufstüten in den Händen. Mein Vater fällt mir ein, ich weine.

Ich betrinke mich, ich trinke mich besinnungslos, ich möchte nicht einen einzigen Augenblick nüchtern verbringen. Irgendwann sehe ich etwas Rotes an meiner Hand, ich gehe ins Bad und sehe in den Spiegel, meine Nase blutet, soll sie doch. Ich gehe wieder ans Fenster, um zu sehen, ob die Frau von gegenüber wieder da ist, aber die Vorhänge sind zugezogen, ich kann sie nicht sehen. Ich döse ein. Irgendwann in der Nacht wache ich auf. Ich habe einen meiner, weiß der Teufel warum, immer häufiger werdenden Hustenanfälle. Ich bin überall, auf dem Fußboden, im Bad, im Bett. Bei jedem Husten habe ich das Gefühl, mir die Innereien aus dem Leib zu husten. Wie ein Albtraum: Ich huste und mein Herz hüpft mir aus dem Mund und bleibt auf dem

Boden kleben. Mir ist, als müsste ich sterben, selbst Sekundenbruchteile sind wichtig. Sofort hebe ich es auf, stecke es zurück in meinen Mund und schlucke es hinunter, mein Herz. Ich huste noch einmal, mein Herz kommt mir wieder hoch. Ich halte mir mit dem Handteller den Mund zu und würge es hinunter. Ich öffne das Fenster, stecke meinen Kopf raus und atme tief ein, es hilft nichts. Ich führe meine Hand zur Stirn, ich brenne. Meine Mutter erscheint mir. Sie streicht mir übers Haar. Erst zieht sie mich aus, dann zieht sie mir frische Wäsche an, legt mich ins Bett, deckt mich fest zu, füttert mich mit Suppe, hält mir immer wieder den Löffel vor den Mund. Ich sehe ihre Hände, die Hände meiner Mutter. Sie beginnen zu wachsen, der Löffel wird winzig zwischen ihnen. Ich betrachte meine Mutter genauer. Oh, großer Gott! Mutter weint Blut statt Tränen. Das Blut tropft in die Suppentasse. Mutter gibt mir ihr Blut zu trinken. Ich versuche mich zu erheben, sie lässt es nicht zu. Ich huste, Blut sprudelt mir aus dem Mund. Ich kann mich aus ihrer Umklammerung lösen. Ich laufe zur Tür, die Tür lässt sich nicht öffnen. Ich stecke den Kopf durchs Fenster. Ich schreie mit aller Kraft, schreie um Hilfe. Da legt sich mir eine Hand in den Nacken und zieht mich rein. Die Indianer! Sie fesseln mich. Sie zwingen mich mitten im Zimmer auf die Knie, ich kann mich nicht wehren. Einer knebelt mir den Mund, die anderen halten mich fest. Der mit den meisten Federn am Kopf zieht sein Messer und kommt auf mich zu. Er hält mich an den Haaren fest. Gott! Sie werden mich häuten. Ich stoße einen gellenden Schrei aus und springe auf!

Ich liege im Bett, schweißgebadet. Ich weiß nicht, wie lange ich dort liege. Mühsam öffne ich die Augen. Ich sehe Mutter an meinem Kopfende, sie sieht mich an. Sie sagt, dass sie mir verzeiht, sie sagt vieles mehr, sie weint. Ich sehe die Vermieterin, auch sie weint. Ich sehe ein paar Kinder. Sie starren mich an, alle starren mich an. Ich versuche, meine Lippen zu bewegen, es geht nicht, ich schaffe es nicht. Selbst die Augen aufzuhalten, fällt mir schwer. Unter Mühen wende ich meinen Kopf zum Fenster. Davor sehe ich eine Taube, sie fliegt hoch in den Himmel, schwingt ihre Flügel und meine Augen schließen sich zur letzten Erzählung.

Letzte Erzählung

Ich hatte Mühe, meine Augen zu öffnen, man hatte sie mit einem Tuch verbunden. Ich überlegte, wo ich war und was gestern geschehen war, aber ich konnte mich einfach nicht erinnern. Ich fror und es war stockdunkel, und still, ich bekam eine Gänsehaut. War das ein Krankenhauszimmer oder eine Gefängniszelle? Auf jeden Fall war es sehr stickig und es stank grauenvoll. Ich versuchte, mich aufzurichten, aber ich konnte es nicht, man hatte mich zugedeckt. Vielmehr war es so, als hätte man mich in das Laken eingewickelt. Das Atmen fiel mir schwer. Eine merkwürdige Schwere lastete auf mir. Hatte es etwa ein Erdbeben gegeben und ich lag unter den Trümmern? Nein, dazu war es zu still. Es war weder ein Stein noch ein Mensch zu hören. Gestorben war ich auch nicht, denn ich konnte ebendies denken und meine Augen und

Finger bewegen. Außerdem knurrte mein Magen, ich hatte Hunger. Irgend jemand musste doch da sein. Vielleicht schliefen sie noch. Es musste Nacht sein und ich war nicht in der Verfassung, den Morgen abzuwarten. „Ist denn keiner da?"

Mein Gott! Es ist, als sei meine Stimme nicht aus meinem Mund gekommen, sondern hätte meinen Kopf umrundet und wäre dann an einer Mauer unmittelbar vor meinen Lippen zerschellt. Wo ich lag, war es nicht bequem, als sei die Unterlage nicht eben. Ich wollte mich zur Seite drehen, ich konnte es nicht. Auf mir lastete eine Schwere. Nicht wie Müdigkeit, sondern ein wirkliches Gewicht. Ich kann es nicht beschreiben, denn ich hatte es nie zuvor erlebt. Es war ein unbekanntes Empfinden.

Auf meiner rechten Hand fühlte ich ein Kribbeln. Als krabbele etwas darauf herum und beiße oder sauge daran. Ich versuchte es abzuschütteln, indem ich meine Hand bewegte, es gelang mir nicht, ich ließ es sein. Der einzige

Laut, den ich hörte, war das Knurren meines Magens. Ich war sehr hungrig, als hätte ich tagelang nichts gegessen. Merkwürdigerweise war dieses Etwas, mit dem ich die selbe Stille teilte, besser dran als ich. Es war eine Ameise oder ein anderes Getier. Dieses Etwas knabberte an meiner Hand. Ich war zu keinem vernünftigen Gedanken fähig, denn ich wusste nicht, was mir geschehen, ja nicht einmal, wo ich war. Außerdem strapazierten mein Hunger, die stickige Luft und die Bewegungsunfähigkeit, begleitet von einer merkwürdigen Angst, mein Nervensystem aufs heftigste. Mein kleiner Freund hatte wohl Geschmack an mir gefunden, denn er hatte einen Kumpel zum Abendessen eingeladen. Sie aßen munter weiter. Ich musste etwas tun, aber was? Ich konnte nicht sehen, nicht sprechen, mich nicht regen und war hungrig, sehr hungrig. Was sonst konnte ich tun, als, falls es Nacht war, auf den Morgen, falls ich krank war, auf den Arzt, falls es ein Unfall war, auf den Krankenwagen zu warten? Ich musste geduldig sein, und stark. Wenn ich schlafen könnte, ginge all das schneller vorüber, aber es ist nicht im geringsten an

Schlaf zu denken! Die Stille tat gut, die Dunkelheit auch, die Bewegungsunfähigkeit war einigermaßen erträglich, aber der Hunger und diese kleinen Freunde, die immer mehr wurden... So ein Mist! „Fort mit euch!" Sie hatten meine beiden Handflächen bedeckt. Das ging entschieden zu weit. Ich wurde schlicht und einfach aufgefressen! Winzige Käfer zerfraßen meine Hände. Ich wünschte mir in diesem Augenblick, ich hätte auch etwas zu essen. Mir wird schwarz vor Augen, mein Kopf dreht sich. Wo bin ich! Ist keiner da? Ich konnte fühlen, dass Blut aus der Haut meiner Finger trat und dass diese kleinen Wesen versuchten, in meine Haut einzudringen. Na wunderbar!

Ich hörte etwas, es wurde gegraben; vielleicht auch gescharrt oder gewühlt... Ich versuchte zu rufen. Den Laut, zu dem ich fähig war, konnte nur ich selbst hören, das Geräusch aber ging weiter. Ich wartete. Nach einer Weile hörte das Scharren auf. Dann hörte ich etwas anderes, etwas wie Wasser. Dann hörte auch das auf. Darauf wurde wieder gescharrt! Allmählich wurde

Letzte Erzählung

ich nervös. Womöglich gab es gar keine Geräusche, ich bildete sie mir nur ein, aber was war mit diesem Gestank, mit dieser Nässe? Urin, es stank nach Urin! Schritte, sich entfernende Schritte und Stille – Totenstille.

An meinem Fußende regte sich etwas. Irgend etwas versuchte unter das Laken zu kriechen und auf meinen Händen liefen Dutzende von Käfern herum. Womöglich halluzinierte ich vor lauter Hunger. Oder war ich etwa ohnmächtig oder aber mitten in einem Traum? Dieses Etwas an meinem Fuß war größer und hatte so etwas wie Zähne, denn die grub es in mein Fleisch. Ich glaube, jetzt hatte es das Laken durchbissen. Es nagte an meiner nackten Fußsohle. „Hör auf, ich bin kitzlig!" Schließlich bekam ich einen Lachanfall. Es musste ein Traum sein. Eine winzige Zunge und winzige Zähne bewegten sich unter meinem Fuß. Ich hätte sterben können vor Lachen oder vor Angst! Am allermeisten vor Hunger... „Werdet euch einig!" Die kleinen Wesen waren auf dem Weg von meinen Händen zu meinen Armen, gemächlich, genussvoll und immer mehr werdend.

Ich musste an meine Zeit beim Militär denken. Ich war mal eine Stunde lang in einem Panzer eingeschlossen. Ich leide an Klaustrophobie. Ich hatte geglaubt, dass ich dort ersticke, weil ich keine Luft bekomme. Mein Fuß! Es nagte mir den Fuß ab. Das war eine Ratte. „Hau ab, verdammtes Vieh!" Käfer und Ameisen machten sich über meinen ganzen Körper her. Ich konnte spüren, dass sie sich von meiner Brust aufwärts zu meinem Kopf bewegten. Mein Bett kam mir in den Sinn, und meine Wohnung, wohlig warm, sauber, käferfrei und rattenfrei. Meine Wohnung, über die ich sonst die Nase rümpfte, kam mir jetzt wie ein Schloss vor. Ich war hungrig, fror und hatte Angst. Der Gedanke an Essen nahm für gewöhnlich mindestens eine Stunde meines Tagespensums ein. In diesem Augenblick aber hätte ich alles gegessen – selbst Unkraut. Es nagte an meinen Zehen. Ich hatte höllische Schmerzen und gleichzeitig zogen völlig absurde Bilder vor meinen Augen. Ich dachte an die

Frauen, mit denen ich geschlafen hatte. All diese Erlebnisse würde ich gegen einen Laib trockenen Brotes eintauschen, ohne mit der Wimper zu zucken! „Ich bleibe hier, solange ihr wollt, aber ein Stück Brot, bitte! Ich flehe euch an..." Die kleinen Scheißer sind an meinem Gesicht angelangt. Sie waren zu Hunderten, wenn nicht zu Tausenden. Sie zernagten mich. Ich konnte meinen Verstand nicht bändigen! Ich scherte mich weder um Geduld noch um Mut noch um Widerstand. Verdammt! „Rettet mich! Holt mich hier raus! Ich schwöre, dass ich nie wieder einen Schluck Alkohol in den Mund setzen werde. Rauchen werde ich auch nie wieder, ich werde nicht mit einer einzigen Frau mehr schlafen. Rettet mich! Bitte..." Ich konnte das Schmatzen der ekelhaften widerwärtigen Ratte hören. Nicht nur ich natürlich, auch ihre Artgenossen! Sie kamen, eine Unmenge von Nagern und Kriechtieren von überall her. Eine verdammte Ameise drang in mein Auge ein, einige weitere machen sich an meiner Nase zu schaffen. Ich bin hungrig, verdammt hungrig! „Kommt näher, meine Kleinen, kommt an meine Lippen, in meinen

Mund!" Verdammt! Eine Ratte ist zwischen meinen Beinen... „Hau ab, Blödmann! Unterstehe dich! Fresst meine Zehen, meine Finger, meine Ohren. Halt dich von da fern, hörst du!"

Ich bin kurz davor durchzudrehen. Jawohl! Das ist es! Ein kleiner Käfer, direkt auf meinen Lippen! „Ganz ruhig, meine Schöne! Der große Bruder tut dir nichts. Nicht weggehen! Komm näher, na komm..." Die war ja winzig, passte gerade mal in eine Zahnlücke... Hunderte davon hätte ich gebraucht, um satt zu werden, oder etwas Größeres. Etwas Größeres! So wie die an meinen Fußsohlen etwa? „Kommt her, meine Schönen. Eine von euch würde mir schon reichen. Es ist mir scheißegal, wie ihr schmeckt und wie dreckig ihr seid! Höher, ihr Lieben. Du da, zwischen meinen Beinen, komm hoch, meine Lippen werden dir schmecken und dein Fleisch wird mir schmecken!" Sie haben das Tuch über meinem Kopf durchbissen. Mund und Nase füllten sich mit Erde. „Weiter so. Beißt weiter, nagt weiter! Ihr seid toll!" Ich konnte meine Hände bewegen, genau genommen auch die Beine ein

Letzte Erzählung

wenig. „Weiter so, gebt euch Mühe, Kinder. Ich liebe euch. Du, Kleiner, du schönes, kleines Mäuschen, du nagst also an meiner Brust. Mach weiter, komm näher, an meinen Mund."

Um zu wissen, dass ich rundherum voller Blut war, musste ich nicht in einen Spiegel sehen. brauchte ich keinen Spiegel. Das konnte ich mit Hilfe meiner Schmerzen durchaus fühlen. Es war dunkel, und still. Es übertraf den besten aller Horrorfilme. Meine vorrangigste Sorge jedoch war mein Magen, denn ich war ein Mensch und Menschen sind völlig hilflos, wenn sie hungrig sind. Ich konnte mich mittlerweile bewegen. Ich hatte mich von meinem Leichentuch und den Schnüren befreien können, dank der kleinen Nagerfreunde, aber das andere Problem, das größte Problem? Ich war unglaublich hungrig, Und dementsprechend schwach... Unter diesen Umständen war es unmöglich, mich vom Erdhaufen auf mir zu befreien. Vielleicht wenn ich etwas zu essen hätte und ein wenig schlafen könnte... „Holt mich hier raus! Bitte..."

Der Vater meines Sohnes

Es kam nicht oft vor, dass er früh zu Hause war. Selten kam er vor Mitternacht heim. Abends betrachtete ich am eisenvergitterten Fenster unserer Wohnung die Kinder auf der Straße. Kinder, die mit ihren Vätern Ball spielen, Kinder, die Hand in Hand mit ihren Vätern spazieren gehen, Kinder, die mit ihren Vätern in ein Geschäft gehen... Väter und Kinder, Kinder mit Vätern. Ich rief nach meiner Mutter. Meiner geliebten, schönen, engelsgleichen Mutter:

Mama, wann kommt Papa?

Gleich, mein Sohn.

Selten kam es zu diesem „Gleich", diesem wunderbaren „Gleich" und ich war verwirrt, wenn es soweit war, konnte es nicht glauben, wusste nicht, was ich tun sollte.

Spielen wir Ball, Papa?

Lässt du mich Fahrrad fahren, Papa?

Gehen wir auch einkaufen, Papa?

Ich kann mich nicht erinnern, ihn jemals nüchtern gesehen zu haben, wenn er heimkam. Er bewegte sich erschöpft und langsam: Seine Augen waren stets zusammengekniffen und rot, weinrot. Ganz gleich was man fragte, er hatte immer nur die eine rasche und scharfe Antwort: „Nein!". Diese raschen und scharfen Neins verwandelten sich bald in „Ja". Wie betrunken und müde er auch sein und wie spät es auch sein mochte, ging er mit mir auf jeden Fall raus. Er wusste, dass ich ihn vermisste, dass ich das brauchte und dass ich nicht geschlafen, sondern auf ihn gewartet hatte, oder es kam mir so vor; oder ich wollte glauben, dass es so war. Ich glaubte es auch. Wenn er mich in seine Arme nahm und die Treppe hinuntertrug, kam er mir überhaupt nicht betrunken vor. Er war so behutsam, damit ich ja nicht herunterfalle, dass man denken könnte, er trage einen Schatz, der sich in Luft aufzulösen drohe. Die Straßen waren dunkel und menschenleer zu dieser Stunde. Vielleicht ein paar Katzen oder ein Hund, aber niemals Menschen. Die schliefen ja schon. Am Ende eines grauenvollen Tages waren die Armen nach Hause gekommen, hatten gegessen und waren eingeschlafen. Sie hatten Arbeit, zu der sie morgens wieder hin mussten. So war das Leben für die Menschen in jenen Straßen: Schlafen, aufwachen, zur Arbeit gehen, nach Hause zurück, essen und wieder schlafen... Ab und an mal Sex, oft genug mit ihren müden und lustlosen Körpern...

Mein Vater scherte sich nicht um die Verlassenheit und Dunkelheit der Straßen. Er war wach, er war auf den Beinen. Er war mit mir und er war ein Gott, denn er war mein Vater. Er scherte sich nicht darum, dass die Leute hinter ihren dunklen Fenstern der einander eng gegenüberstehenden Hochhäuser schliefen. Die Menschen waren die gleichen. Müde, hoffnungslos, halb hungrig, halb schläfrig, desillusioniert, unglücklich. Menschen, die nicht wussten, nicht wissen wollten, woher sie kamen, wofür sie lebten und wohin sie gingen. Ihr Leben bestand darin, satt zu werden, zu heiraten, Kinder in die Welt zu setzen und sie großzuziehen, und dem endlosen Kampf, den sie für all das ausfochten... Es war eindrucksvoll. Dümmlicher Glaube vollbeladen mit Trost, Träume von Haushaltsgeräten, unglaubliche Lobpreisungen, aufgesetztes Lächeln auf müden Gesichtern, dieses geerbte Lächeln des gleichen Schicksals...

Wir liefen durch diese Straßen, still, schweigsam und dann kam die immer gleiche Frage: „Sag mal, Sohn, werden sie mein Buch veröffentlichen?" „Nein." Obwohl er jeden Tag die gleiche Antwort bekam, änderte sich seine Reaktion überhaupt nicht. Eine bittere Trauer umflorte sein Gesicht und er fragte immer: „Warum nicht, Sohn?" „Darum nicht." Er gab nicht auf, er wurde nicht überdrüssig. Jeden Abend und jeden Morgen stellte er mir auf jeden Fall diese Frage. Der Antwort maß er große Bedeutung bei und jedes Mal war er bedrückt und am Boden zerstört. Kurz darauf fasste er sich wieder, kam näher, strich mir über das Haar, die Wangen, küsste mich und trieb es auf die Spitze.

Soll ich dir Spielzeug kaufen?

Ja.

Dann sag: Rufen die mich an vom Verlag?

Nein.

Mist! Das Spielzeug kannst du vergessen.

Dann ging er wieder in die Hocke, mitten auf der Straße, holte eine Zigarette aus der Tasche, zündete sie an und starrte mit leerem Blick vor sich hin. Seine Augen funkelten voller Hass. Dieser Zustand dauerte nicht lange, nach einigen Minuten sah er mich an und schrie in die leere und tote Straße hinein: „Die sind dumm, die sind alle dumm! Sieh, Sohn, die schlafen, die schlafen alle. Die Lichter aus, die Augen zu, die schlafen wie alte Weiber! Sieh uns an, dich und mich! Wir sind hier, wir sind auf den Beinen, die Welt gehört uns! Die sind doch alle tot! Tot! Hebe den Blick und sieh dir die Schönheit der Sterne an, schnuppere die Luft, fühle den Wind, winke dem Mond zu! Das ist das Leben, Sohn, Leben heißt Nacht, Leben heißt Stille, Leben heißt Alleinsein!" Ich lachte dann immer. Was er sagte, gefiel mir, ich war stolz, bei ihm zu sein. Und mein Lachen heiterte ihn auf. Er kam sofort zu mir, nahm mich hoch, küsste und herzte mich.

Rufen die mich an vom Verlag?

Nein!

Ich sagte immer nein, ich war erst fünf und ich wusste nicht, warum ich nein sagte. Womöglich gefiel es mir, ihm mit nein zu antworten, denn er kam immer spät und betrunken nach Hause, die anderen Väter aber früh und nüchtern. Das machte mich traurig, wenn ich aber seine Fragen verneinte, wurde er traurig. Das war gerecht, fand ich.

Wir kehrten heim. Mama war dann längst eingeschlafen oder tat so. Mein Vater ging in die Küche, bereitete sich was zu essen, aß und zog sich dann aus. Nachdem er mich ins Bett gebracht

Der Vater meines Sohnes

hatte, legte er sich neben Mama. Ich wusste, dass er nicht schlief, er schlief schwer und spät ein. Er wälzte sich im Bett hin und her, stand dann sacht auf, sah erst nach Mama, dann nach mir und ging in die Küche. Er öffnete den Schrank – ich hörte, wie er die Flasche herausnahm – , dann ging er in das andere Zimmer. Wir hatten ja bloß diese beiden Zimmer. Ich wusste, er saß auf dem Sessel am Fenster und betrachtete die Sterne. Er bewunderte die Sterne, und die Flaschen. Er kehrte nicht wieder ins Bett. Ich schlief ein. Wenn ich morgens die Augen öffnete, fand ich ihn in seinem Bett. Wie ein umgefallener Baum im Wald lag er da ausgestreckt, allein und schlief. Ich wartete auf ihn, darauf, dass er aufwachte. Damit er mir Figuren aus Münzen machte, Flugzeuge und Schiffe aus Papier. Das machte er auch, minutenlang werkelte er und bastelte tolle Dinge. Mit Vergnügen, voller Freude machte er das und wenn er fertig war:

Und, Sohn, wie ist's geworden?

Schön. Soll ich es platt machen?

Zeig's erst deiner Mutter.

Mama war meistens nebenan oder in der Küche. Lustlos kam sie rüber und sah es sich flüchtig an. „Es ist sehr schön geworden, mein Sohn", sagte sie und verließ das Zimmer.

Soll ich's platt machen, Papa?

Mach es platt, mein Sohn.

Mit dem Stoß zweier Spielzeuglaster machte ich die Burgen, Türme und Bauernhöfe dem Erdboden gleich. Papa nahm mich auf den Schoß.

Rufen die an?

Wer?

Die vom Verlag.

Nein!

Er stand auf und gab den Spielsachen einen Tritt. Wer weiß, zu was die Spielsachen in seinen Augen geworden waren. Er zog sich dann langsam und lustlos an. Er nahm mich auf den Arm und brachte mich raus.

Sieh dich um. Was siehst du?

Kinder.

Und Väter? Siehst du Väter?

Nein.

Wessen Vater ist bei seinem Sohn?

Meiner!

Dann küsste er mich und ich küsste ihn.

Jahre sind vergangen. Lange, schwere Jahre. Inzwischen lebte ich in Florida. Ich kam mit meiner Frau Dilara und unserem Sohn zu Besuch, der gerade fünf geworden war. Zuerst sahen wir bei Mama vorbei. Sie wohnte in einer großen und schönen Wohnung. Sie machte uns mit meinen beiden Stiefbrüdern und meinem Stiefvater bekannt. Den konnte ich vom ersten Moment an nicht leiden. Er hatte alles, aber er hatte keine Träume, keine Begeisterung, kein Interesse. Er lebte, aber nur um gelebt zu haben, als wär's eine Pflicht. Er war kühl, sehr kühl. Die Nacht, die wir bei ihnen verbrachten, wollte nicht enden. Wenn Papa hier wäre, dachte ich, würde er mich hier raus holen und laut rufen: Die Welt gehört uns, die Sterne gehören uns! Plötzlich richtete ich mich im Bett auf. Dilara und Merih schliefen noch. Eilig zog ich mich an, nahm Merih sacht in die Arme. Ich küsste ihn, sog seinen Duft tief ein, als ich zur Tür hinaus wollte, ließ mich Dilaras strenge Stimme abrupt stehen bleiben...

Was glaubst du, was du da tust?

Ich bringe meinen Sohn raus.

Der schläft; leg ihn sofort wieder ins Bett!

Ich zögerte kurz, dann ging ich zurück. Ich legte meinen Sohn in sein Bett. Zwei Tränen rollten mir über die Wangen. Ich ging ins Wohnzimmer, setzte mich auf den Sessel am Fenster und betrachtete die Sterne, sie sahen überwältigend aus. Ich ging in die Küche, öffnete den Schrank, schenkte mir ein Glas ein und kehrte zurück. Es war ein herrliches Gefühl, ich blieb bis zum Morgen wach. Beim Frühstück fragte ich meine

Mutter, wo ich Papa finden kann. Sie rümpfte die Nase.

Der ist bestimmt in seinem Drecksloch. Wo soll er sonst sein?

Wir stiegen in ein Taxi und nannten die Adresse. Nach etwa zwanzig Minuten standen wir vor dem Eingang. Der selbe Eingang, der selbe Geruch, die selben Ball spielenden Kinder... Wir stiegen die Treppe hoch, es war, als hätte sich der Geruch der Wohnung gar nicht verändert, es hatte etwas Magisches. Ich klingelte. Die Tür ging auf. Ein Gott mit schlohweißem Haar stand vor mir. Etwa siebzig Jahre alt, blutunterlaufene und zusammengekniffene Augen, ganz eng zusammengekniffen. Erst sah er mich an, dann Dilara, dann blieben seine Blicke an seinem Enkel haften. Aus müden und zusammengekniffenen Augen liefen zwei Tränen in Richtung Nase.

Wie heißt er?

Merih, Papa.

Er zog die Schuhe an, nahm meinen Sohn auf den Arm und begann, die Treppe hinunterzusteigen. Wir hörten ihn, während wir die Wohnung betraten:

Soll ich dir ein Eis kaufen?

Ja.

Sag mal, Merih, werden die mein Buch drucken?

Nein!

Warum nicht, mein Sohn?

Darum nicht!

Ich war zu Hause. Es roch nach Vergangenheit, es roch nach Vater, nach Träumen und Wein. Ich ging ans Fenster und sah runter. Mein Vater hatte sich hingehockt und sah meinem Sohn in die Augen. Er führte die Hand in seine Hemdtasche, fischte eine Zigarette raus und zündete sie an. Gleich würde er wieder fragen: „Werden die mich anrufen vom Verlag?" Langsam erhob ich mich, ging ins Schlafzimmer. Ich sah auf das Bett, es war leer. Meine Mutter war nicht da.

Mein Bett war auch nicht da. Ich öffnete das Schlafzimmerfenster. „Papa! Morgen rufen die dich an! Dein Buch wird gedruckt!" wollte ich rufen, war aber außerstande. Ich ließ mich zu Boden sinken, weinte, weinte... Dann fühlte ich eine Hand auf meinem Haar. Ich hob den Kopf, es war Dilara. Sie hatte ein Buch in der Hand. Sie hielt es mir hin. Ich staunte, ich schlug den Deckel auf, „Meinem Sohn" stand da in schiefer Schrift. Ich blätterte weiter. Das Buch begann folgendermaßen:

Der Vater meines Sohnes

„Es kam nicht oft vor, dass er früh zu Hause war. Selten kam er vor Mitternacht heim. Abends betrachtete ich am eisenvergitterten Fenster unserer Wohnung die Kinder auf der Straße. Kinder, die mit ihren Vätern Ball spielen, Kinder, die Hand in Hand mit ihren Vätern spazieren gehen, Kinder, die mit ihren Vätern in ein Geschäft gehen... Väter und Kinder, Kinder mit Vätern. Ich rief nach meiner Mutter. Meiner geliebten, schönen, engelsgleichen Mutter."

Ich legte das Buch auf das Bett und ging hinaus. Mein Vater hockte da und rauchte. Mein Sohn stand daneben und sah ihm zu. Ich setzte mich zwischen sie. Die eine Hand legte ich auf die Schulter meines Vaters, die andere auf die meines Sohnes.

Wie hell die Sterne heut Nacht leuchten, nicht?

Es war nicht Nacht, also gab es auch keine Sterne am Himmel. „Ja", sagte mein Vater. „Ja", sagte mein Sohn.

Die Sterne haben wir uns angesehen an diesem Morgen.

Wir drei.

Sie sahen überwältigend aus.

Gewisse Abende

Es gibt Abende, an denen du dich so fühlst. Du setzt dich in eine Ecke, liest ein paar Seiten im Buch, das du in der Hand hältst und lässt es auf den Tisch fallen. Du bist allein. So ein Abend eben. Du denkst nach.

Grübeln drückt auf die Stimmung. Du suchst etwas, das dir die Bedrückung nimmt. Du holst eine Flasche und beginnst dich zu betrinken. Trinken aber macht noch niedergeschlagener. Je bedrückter du bist, desto mehr möchtest du jemandem zum Sprechen. Das Telefon starrt dich an, du starrst das Telefon an. Du kramst in deinem Gedächtnis, nimmst den Hörer in die Hand und beginnst zu wählen. Die Stunde deiner Gemütsverfassung ist die häusliche Stunde der Paare. Eine Männerstimme sagt: „Hallo?", du schweigst. Bei solchen Anrufen werden die Männerstimmen tiefer: „Hallo!" Du legst auf.

Frauen haben untrügliche Gefühle. Du weißt, dass sie weiß, dass du angerufen hast und du weißt auch um den Aufstand, den er gleich machen wird. Es ist dir gleichgültig.

Du nimmst deinen ganzen Mut zusammen und wählst eine andere Nummer. Es klingelt, niemand geht dran. Du weißt, du existierst nicht mehr und sie ist mit einem anderen zusammen. In einem Kino vielleicht, oder einem Restaurant und ihre Lippen, die sich einst für dich zu einem Lächeln formten, bietet sie nun einem anderen dar voller Zärtlichkeit, und mit großer Wahrscheinlichkeit schläft sie gerade in diesem Augenblick mit ihm in dem Bett, in dem sie es mit dir tat. Du windest dich.

Du beschließt, es noch einmal zu probieren. Du wählst eine weitere Nummer und eine eisige Frauenstimme sagt: „Dieser Anschluss ist vorübergehend nicht erreichbar. Bitte versuchen Sie es zu einem späteren Zeitpunkt wieder." Du begreifst und legst auf.

Ein weiteres Mal probierst du es ohnehin nicht. Du nimmst noch einen Schluck von deiner Flasche und lächelst. Es ist bitter... Du erinnerst dich an eure gemeinsame Zeit. Du weinst.

Solch ein Abend ist heut Abend.

Taxi

Wieder eine jener Nächte, wie sie sich seit langem für mich gestalten. Die Alkoholgrenze hatte ich wieder heftig überschritten und während ich, mit zittrigen Händen und der Sorgfalt, die dem Wesen des Letzten und Einsamen zu eigen ist, die Schalter noch einmal kontrollierte, einen nach dem anderen, biss ich mich an der Frage fest, warum Taxis, die ich mit meinen vor Übermüdung starren Augen in großen Abständen vorbeifahren sah, nicht himmelblau, sondern kükengelb sind. Ja, warum eigentlich?

Gleich darauf würde ich diese Frage dem mit an Sicherheit grenzender Wahrscheinlichkeit nicht gutaussehenden Fahrer des Taxis stellen, in das ich seit Jahren Nacht für Nacht, unmittelbar bevor sie auf Nachttarif umstellten, einstieg und der mich erst einmal sorgfältig im Spiegel mustern würde, bevor er antwortete. Nach diesem kurzen Mustern würde er, mit der Arroganz des Menschenkenners, der er von Berufs wegen zu sein glaubte, überzeugt sein zu wissen, ob ich verrückt oder betrunken war und mir, nicht entsprechend meines von ihm eingeschätzten Zustands respektive Maßes an Irrsinn oder Trunkenheit, sondern mit der einzigen, ihm zur Verfügung stehenden Antwort erwidern: „Ich weiß es nicht."

Und ich würde keinesfalls zu sagen: „Ich wusste, dass du es nicht weißt" und erst recht nicht „Ich wusste, dass du, den Rücken mit einem Ruck noch weiter nach hinten stoßen, den Kopf sowie die rechte Schulter etwas heben und einige Zentimeter zur Seite gleiten lassen und mich mit strengem, männlichem Blick im Innenspiegel mustern würdest, bevor du ‚Ich weiß es nicht' sagtest.

Denn der Zeitunterschied zwischen dem Moment, in dem er meine Worte hören und begreifen würde und dem, in dem er abrupt abbremsen, rechts heranfahren und mit einem typisch türkischen Männerblick fragte: „Was hast du gesagt, Alter?", würde lediglich wenige Sekunden betragen und ich würde ihn weder im irren noch betrunkenen noch nüchternen Zustand davon überzeugen können, dass ich nichts Schlimmes gesagt hatte.

Während wir auf der Uferstraße fuhren und meine Ohren und mein Hirn sich aufs heftigste gegen die arabischstämmige Foltermusik im Kassettenrekorder auflehnten, würde ich meinen linken Unterarm mit einem instinktiven Ruck ein wenig heben, so dass ich einen Blick auf meine Uhr werfen könnte, die ich vor drei Jahren von Araksi zum Geburtstag bekommen hatte. Jener Tag würde vor meinem geistigen Auge erscheinen. Ich dachte nie an meine Geburtstage, ich machte mir nichts aus ihnen. An einem dieser Abende war ich, als ich die Wohnungstür aufschloss, mit der alljährlichen Überraschung konfrontiert worden, Kuchen, Kerzen, Geschenke. Ich würde also meinen Arm, an dem ich diese mir geschenkte Uhr trug, mit der gleichen kraftlosen Leichtigkeit auf den Autositz senken und in Uhrableseposition bringen, da würde der Fahrer mit seiner tiefen und groben Stimme, die so gar nicht zu der durch den Spiegel taxierenden Art der Konversationsbereitschaft passte und mich völlig aus der Bahn warf, fragen „Und? Was sagt sie?" und damit Araksis Vorstellung zerstören und für einen verständnislosen Ausdruck auf meinem Gesicht sorgen: „Wer sagt was?"

„Na, die Uhr," würde er sagen, „Hast du nicht eben auf die Uhr gesehen?" Ich würde vielmehr darüber grübeln, wie die Uhr an meinen Arm gekommen ist denn darüber, welche Uhrzeit sie anzeigt. „Weißt du, was römische Zahlen sind?" würde ich dann unvermittelt fragen, laut und herausfordernd. Der Fahrer würde bejahen. Ich würde meinen linken Arm mit einer schnellen Bewegung nach vorne strecken und ihm mit seiner eigenen Frage antworten: „Was sagt sie?"

„Fünf nach zwölf" würde er antworten, mit einem schwachen, offensichtlich an Selbstbewusstsein einbüßenden Ton in der Stimme. „Ich weiß zwar nicht, wie man die römischen Ziffern liest; aber ich weiß, dass es nicht schwierig ist, ich weiß allerdings auch, dass ich dieses Wissen nicht benötige und niemals benötigen werde" hätte ich darauf entgegnet, aber ich sah davon ab, weil ich fand, dass das gehäufte Vorkommen des Begriffs „wissen" in diesem Satz dem Fluss meiner Erzählung abträglich gewesen wäre.

Nach all diesen Überlegungen beschloss ich, in dieser Nacht nicht in einem Taxi, sondern zu Fuß heimzukehren.

Eigentlich hatte ich nichts gegen Taxifahrer oder Taxis, keinerlei Vorbehalte, außer dass sie nicht himmelblau waren, aber zur Vermeidung eines womöglich sogar blutig ausgehenden Zwischenfalles, der durch die Unvereinbarkeit der als Taxifahrerunterhaltung bezeichneten Redseligkeit einerseits und meiner allgemeinen mundfaulen Art andererseits entstehen könnte, machte ich mich, indem ich den Nachttarif, die römischen Ziffern sowie das Taxigelb gewissermaßen mit Nichtachtung strafte, auf den Weg durch die Straßen der Stadt, ohne in ein Taxi zu steigen.

Die Terrasse

August. Abendstunde. Es ist heiß, sehr heiß. Ich gehe auf der Terrasse auf und ab, nicht nur ich, fast alle Anwohner des Viertels sind auf ihren Terrassen. Die Terrassen sind besser als die Wohnungen, denn es weht eine leichte Brise. Athletisch gebaute Männer sitzen auf Terrassen oder Balkonen, sie halten Rakıgläser in ihren Händen, vereinzelt auch Bierflaschen. Wo die Frauen sind, weiß ich nicht, dass die Kinder auf der Straße sind, weiß ich. Der Himmel ist blau, strahlend blau. Möwengeschrei dringt an mein Ohr, ich sehe sie auch. Sie fliegen schreiend umher, sie wirken glücklich. Ich betrachte die Dächer mit den roten Ziegeln, sie sind ausnahmslos rot. Der Himmel ist blau, die Dächer rot, die Terrassen hingegen farblos. Ziemlich harmonisch.

Auch ich halte ein Teegläschen voll Rakı in der Hand. Ich trinke. Rakı schmeckt gut, ist aber teuer. Ich habe Hunger, mein Magen knurrt, mir schwindelt der Kopf. Ich höre die Kinder unten auf der Straße. Ich sehe runter, Kinder, soweit das Auge blickt. Wie viele Kinder es gibt, in allen Größen, allen Farben, fluchende, streitsüchtige. Die springen einander an die Gurgel, wenn sie groß sind. Als Kinder sind sie in Ordnung, aber irgend etwas geschieht mit ihnen, wenn sie erwachsen werden. Sie spielen dann weniger mit Plastikbällen, eher mit gefährlichen Bällen.

Straßenverkäufer ziehen ihre Waren laut feilbietend vorbei. Der eine verkauft Fisch, der andere Simit. Manchmal zieht auch ein Ballonverkäufer vorbei. Die Katzen weichen dem Handwagen des Fischverkäufers nicht von der Seite. Ab und zu wirft er ihnen einen Fisch zu, dann geraten sie aneinander. Wer den Fisch zu fassen kriegt, verzieht sich in eine Ecke und schlingt ihn hinunter, die anderen laufen weiterhin dem Wagen hinterher. Die Kinder bemerken sie nicht einmal, sie haben nur den Ball im Kopf. Dieser

Ball hat etwas Magisches; billig ist er obendrein. Füße hat jeder, also kann er Ball spielen. Der Ball ist aus Plastik, wie gesagt, und billig. Ein Ball und zwanzig Leute sind für Stunden beschäftigt.

Eine aufgedonnerte Schreckschraube geht mit ihrem Köter Gassi. Was für ein Köter! Ein winziges Ding, hässlich dazu. Die Nase ist ins Gesicht gedrückt, als hätte er eine enorme Faust auf die Fresse gekriegt! Ich schließe die Augen, mit der einen Hand halte ich den Hund am Kopf fest und mit der anderen ziehe ich ihm die Nase wieder raus. Ich lasse ihn los, der Hund stürzt nach vorn, eines der Kinder tritt fest gegen den Ball, der Ball trifft den Hund, der Hund prallt gegen den Ball. Knall!

Der Gebetsruf ertönt. Der blaue Himmel, die athletischen Männer, die Ball spielenden Kinder, die fliegenden Händler und der Gebetsruf. Hach! Das ist wunderbar, perfekt, exotisch. Ich lausche und schaudere. Mir ist schwindlig, ich habe Hunger. Das Tier in mir will hinaus, ich merke es. Tiere haben keine Religion. Der Gebetsruf verklingt, er ist kurz. Genauer gesagt, hört der eine auf und der andere beginnt, von einer anderen Moschee. Wie eine Kettenreaktion ist dieser Ruf der Muezzine, als würde er vierundzwanzig Stunden dauern. Insbesondere der Morgenruf versetzt mich in Angst. Ich bekomme einen Riesenschreck, wenn mitten im tiefsten und schönsten Schlaf der Muezzin brüllt. Mir wird angst und bange. Ich betrachte die Minarette. Minarette, wohin man sieht. Wie viele Moscheen es gibt! Und riesige Höfe haben sie. Manche sind sechshundert Jahre alt, manche nur ein Jahr, aber sie unterscheiden sich nicht wesentlich; merkwürdig: Moscheen altern nicht, Moscheen sind magisch. Mir wird schwarz vor Augen. Ich errichte Kinderspielplätze in jedem Viertel. Und Teegärten. Vielleicht errichte ich auch Bars. Ich nehme noch einen Schluck. Ein Kind kommt auf die Terrasse, mit einem Ball in der Hand. Jetzt kommen die schon auf die Terrasse, als ob die Straßen nicht reichen! Ich kenne das Kind, es ist Garo. An einem Sonntag vor vier Jahren hatte ich ihn mit Alaksi gezeugt. Er ist uns gut geraten, wir waren besten vorbereitet. Manchmal denken wir darüber nach, einen zweiten zu machen und manchmal sagen wir: „Einer reicht!". Wir sind gewissermaßen unentschlossen.

Verschwinde, Garo! Lass mich in Ruhe.

Spielen wir Ball, Papa?

Papa? Was denn für ein Papa? Ich will doch gar nicht Papa oder Kind sein. Lasst mich allein! Gut, dass mein Vater gestorben ist. Zoff, Gezänk, Krankenhaus, alles vorbei. Aus und vorbei. Alles vorbei. Garo spielt allein Ball. Sein Vater hasst Ballspielen, er liebt es, läuft ständig hinter dem Ball her. Ich schließe die Augen, meine Mutter zeigt mir mein Kinderfoto. Ich kann mich nicht klein machen, aber ich inspiziere mein Foto eingehend. Garo sieht mir ähnlich, aber er ist nicht nach mir geraten. Ich komme ins Grübeln. Ich werde misstrauisch. Der Krämer spielt auch gerne Ball, mein Vater hingegen mochte es nicht, aber der Krämer hat nicht einmal im entferntesten eine Ähnlichkeit mit Garo.

Wenn ich die kleinste Ähnlichkeit fände, würde ich ihm Garo bringen und sagen: „Da, das ist dein Kind. Nimm es und kümmere dich drum!" Ich trinke weiter. Mein Unterhemd ist nicht weiß, sondern grün. Das Hüpfen des Balls gefällt Garo, kreischend läuft er ihm hinterher. Auch die Möwen kreischen. Ich kreische nicht, ich spiele nicht mit! Der Ball prallt vom Fußboden ab, knallt gegen das Geländer und fällt runter. Garo läuft hinterher, der Ball hüpft noch einmal hoch und fliegt von der Terrasse nach unten. Und Garo hinterher. Ein Schrei. Ein Knall! Der Schrei verklingt.

Ich schaue nicht hinunter, schenke mir nach. Dächer mit roten Ziegeln, Ball spielende Kinder, Männer in weißen Unterhemden auf Terrassen, der Geruch nach fleischarmen Speisen, eine leichte Brise, Möwenkreischen... Mein Innerstes rebelliert, mein Magen ist leer, der Rakı gut, das Tier in mir frei... Ich sehe nach unten. Ein hübsches Mädchen geht vorbei, neben ihr die Mutter mit Kopftuch. Wie viele Kopftücher es gibt, geht mir durch den Kopf, in allen Farben, in allen

Stilen. Mehrere in jeder Wohnung. Wahnsinnsmarkt!

Die Kleine hat hellbraunes Haar und eine helle Haut, sie ist gut gewachsen. Sie trägt ein T-Shirt, ärmellos. Mein Gott! Das Mädchen ist heiß, das spüre ich an ihren Armen. Ich möchte meine Hand ausstrecken und über ihre Arme gleiten lassen. Mein Arm ist nicht zwanzig Meter lang, ich ziehe meine Hand zurück. Ich schließe die Augen, das Mädchen ist in meinen Augäpfeln. Ich ziehe sie richtig an mich heran. Zunächst wandern meine Lippen über ihre Arme, dann über ihre Schultern. Durch das T-Shirt zeichnen sich ihre Brustwarzen ab, als wollte sie es durchbohren und hinausschießen... Ich zerreiße ihr T-Shirt. Meine Lippen wandern zwischen den magischen Kugeln in ihrem mit Spitzen besetzten, weißen BH. Hier haben alle Mädchen spitzenbesetzte, weiße BHs, manche heben sie für die Hochzeitsnacht auf. Spitzenbesetzte Wäsche ist teuer. Die Kleine ist glücklich und heiß, sie glüht. Sie schließt die Augen, wirft den Kopf in den Nacken. Ihre Haare sind lang, reichen ihr bis zur Taille, seidenweich, wie bei den Mädchen in der Shampoowerbung. Sie leistet keine Gegenwehr! Sie beginnt zu stöhnen, schnurrt wie eine Katze. Ich nehme die goldenen Bälle in meine Hände. Das sind andere Bälle als die, mit denen die Kinder spielen, außerordentliche Bälle. Toll, die Kleine.

Eine Möwe fliegt schnell vorbei. Die Schwalben sind noch schneller, aber im August gibt es hier keine Schwalben. Eine andere Möwe fliegt gleich hinterher, jagt die vordere. Ich höre eine Sirene aufheulen, öffne die Augen. Unten auf der Straße sehe ich einen Krankenwagen, viele Menschen drum herum. Sie legen meinen Sohn auf eine Trage und fahren ihn weg. Höchste Zeit, noch einen in die Welt zu setzen, denke ich. Die Kinder haben aufgehört, Ball zu spielen und scharen sich um den Blutfleck an der Stelle, an der Garo aufschlug. Alles ist voller Blut, die ganze Straße! Garo ist tot, sein Ball ist verschwunden. Ich höre die Stimme seiner Mutter, sie schreit wie am Spieß, weint. Ich schreie auch innerlich: „Ich hab ihn nicht umgebracht! Ich hätte ihn möglicherweise halten können, aber ich schwöre, dass ich ihn nicht umgebracht habe. Fragt die Möwen, die haben's gesehen! Wenn ich gesagt hätte ‚Pass auf, Garo, sonst fällst du runter. Komm zu mir, mein Sohn' wäre er vielleicht nicht runtergefallen, aber ich hab's nicht gesagt."

Ich schiebe meine Hand unter ihren Rock. Sie lässt es geschehen, ich streichle ihre Beine. Wie entrückt schnurrt und stöhnt sie. Die Mutter unten ist mürrisch, sie ist mit Einkaufstüten bepackt.

Komm, Kind, trödel nicht herum.

Der Kleine ist tot, Mama. Von der Terrasse gefallen.

Die Mutter zupft ihr Kopftuch zurecht. „So ein Jammer" sagt sie. Ich sage es nicht. Der Krankenwagen fährt weg, unter Sirenengeheul. Der Krämer kommt, mit einem Eimer Wasser und einem Besen, zum Ort des Geschehens und wischt ihn sauber. Ich sehe ihn mir eingehend an, dieser Mann hat keinerlei Ähnlichkeit mit Garo. Viel eher ähnelt er dem Sohn der Nachbarin von der Wohnung gegenüber, er hat sogar die gleiche lange Nase. Der Mann der Nachbarin ist auch auf dem Balkon, ich rufe ihm zu:

Dein Sohn ist dem Krämer wie aus dem Gesicht geschnitten.

Was erzählst du da für Unsinn?

Dein Sohn, sage ich, ist dem Krämer wie aus dem Gesicht geschnitten. Wenn du mich fragst, solltest du mal nachhaken.

Der Mann springt auf, geht durch die Haustür und verschwindet aus meinem Gesichtsfeld. Ich schließe die Terrassentür ab. Der Mann kommt, wütend. Ein Lotterieloseverkäufer zieht schreiend vorbei. Ein Wagen rast in die spielenden Kinder, der Fahrer schnauzt sie an: „Was habt ihr denn auf der Fahrbahn zu suchen, ich hab keine Lust, einen von euch zu überfahren, stürzt mich nicht ins Unglück!" Und die schnurrbärtigen Männer auf den Balkons brüllen den Fahrer an:

Hast du keine Augen im Kopf, die Kinder spielen Ball!

Musst du hier lang fahren?

Der Fahrer wirft die Hände in die Luft, grummelt irgend etwas und gibt Gas. Die Männer auf den Balkonen nippen an ihren Getränken und die Kinder setzen ihr Ballspiel fort. Die Väter sind glücklich, die Kinder sind glücklich, die Taxifahrer gereizt. Der Mann hämmert von innen gegen die Terrassentür:

„Ich bring dich um!"

Ich lüpfe ihren Rock hoch bis zur die Taille, betrachte ihre Beine.

Mach die verdammte Tür auf!

Ich schließe fest die Augen, meine Hände fahren fort, über ihre Beine zu gleiten. Der Gebetsruf setzt wieder an, der Hoca brüllt aus voller Kehle. Ich bekomme keinen Schreck, nur morgens, das heißt, wenn ich nüchtern bin. Eine Mücke kreist um meinen Kopf: „Hau ab, Mücke!" Die Mücke haut ab. Wieder riecht es nach fleischarmem Essen mit reichlich Zwiebeln. Ich habe Hunger. Ich rufe meine Mutter auf die Terrasse, sie küsst und herzt mich. Ich schrumpfe und verjünge sie. Sie wird zum Kind, zu einem winzigen Mädchen. Sie kommt näher, Mama denkt, ich sei ihr Vater, aber ich küsse und herze sie nicht. Ich werfe ihr einen Ball vor die Füße, meine kleine Mutter spielt Ball. Sie hüpft mit dem Ball um die Wette. Der Ball prallt an meinem Bein ab. Meine Mutter läuft hinter dem Ball her, sie kreischt vor Freude, die Möwen kreischen auch, ich kreische nicht. Der Ball prallt gegen die den Schornstein, fliegt hoch und fällt hinunter auf die Straße, meine Mutter hinterher. Noch ein Kreischen: Ein Knall! Hops! Mutter ist auch fort. Gut. Wunderbar! Ich schluchze, ich schreie. „Meine Mutter ist tot! Meine Mutter ist tot!"

Das Mädchen ist aufgewühlt, schmiegt sich zärtlich an mich, aber ich erwidere die Umarmung nicht. Ich führe meine Hände an ihre Hüften. Das Mädchen ist heiß.

Die Terrasse

Der Krankenwagen kommt, wird wohl meine kleine Mutter wegbringen. Die Sirene heult nicht wieder auf, die Kinder unterbrechen ihr Spiel diesmal nicht, der Krämer macht den Asphalt nicht sauber. Die Mutter ruft ihre Tochter.

Komm schon, Kind.

Die Kleine ist tot, Mutter.

So ein Jammer!

Von der Terrasse gefallen.

Ich umkreise mit meinen Lippen den Rand meines Glases. Meine Nase nimmt den Geruch auf, die Feuchtigkeit erreicht meinen Mund, ich sauge den Schluck ein. Auf Ex! Ich schenke mir wieder ein.

Die Frau hat die Einkaufstüten abgesetzt. Kopfsalat, Kohl und Spinat sind darin, und ein paar Tomaten. Es gibt viel Kohl, Kohl ist billig. Es ist heiß, sehr heiß. Das Mädchen ist auch heiß, und feucht. Die Kinder spielen in den Straßen, die Autos sausen vorbei. Tomaten sind teuer, spitzenbesetzte Unterwäsche ist teurer als Tomaten, ja sogar teurer als Rakı. Ich sehe nicht hinunter, ich wende mich ab. Das heiße Mädchen ziehe ich zu mir nach oben und schließe die Augen. Sie schrumpfe ich ebenfalls. Ich drücke ihr einen Ball in die Hand, sie wirft mir den Ball zu, der Ball prallt an meiner Wade ab. Das kleine, heiße Mädchen ist glücklich, läuft dem Ball hinterher. Hüpf, hüpf, hüpf! Der Ball fällt hinunter, und das Mädchen hinterher. Ich schaue nicht hin, ich schenke mir nach. Die Flasche ist voll, wird nie leer. Wieder kommt der Krankenwagen, dann die Stimme der Frau: „Sieh doch, die Kleine ist von der Terrasse gefallen. Wo steckst du eigentlich?"

Der Geruch von fleischarmen Speisen und reichlich Zwiebeln zieht vorbei. Wieder schließe ich fest die Augen. In allen Höfen errichte ich Fußballplätze. Ich errichte Spielplätze. Wer weiß, vielleicht errichte ich auch Teegärten. Ich nehme einen großen Schluck aus meinem Glas und gebe Fleisch in alle Töpfe!

Die Terrasse ist magisch.

Ha ha ha

Vom Wind aufgewirbelte wirre Regentropfen schwirren um meine Ohren und prallen immer wieder gegen meine Augen. Die Witterung müht sich, mich mit Hilfe ihres mir an Stärke überlegenen Sturmes in die Tiefen der Finsternis zu treiben. Die Klebstoffschnüffler aber, fast noch Kinder, frieren nicht. Ein pechschwarzer Ball wandert zwischen ihren gefühllosen Tritten. Von Gelächter begleitet, fliegt er, nasse und rote Spuren hinterlassend, umher. Während der getigerte Kater, mit dem er heut morgen herummachte, satt im zugedeckten Korb liegt, fahren die Beine des Balles in der Luft Rad.

Ihre Spuren in meinen Augen.

Meine Augen bluten.

Zu dritt haben sie die Kleine, die gestern noch Schleifchen im Haar trug, gegen eine kalte Wand gepresst. Ihr Fleisch wandert zwischen den Händen der Männer umher. Die Schminke ihrer Augen ist zerflossen in die Vergangenheit. Während der gellende Schrei des Balles in meinen Ohren verklingt, wird die Nacht ihm bald Wiegenlieder singen und werden die Kanalratten seine Leiche zerfleddern. Halime hingegen wird die dem Morgen so ferne Nacht in einer billigen Absteige zubringen. Während ihre jungfräuliche Schwester in der Ferne im Traum den Liebsten küsst und feucht wird, muss Halimes Dreieck wieder einmal Überstunden einlegen, um die geilen Kunden zufrieden zu stellen.

Meine Augen an ihren Fingernägeln.

Meine Fingernägel wachsen.

Der alterschwache Müllwagen fährt die Straßen ab, deren sauberste Stellen die Müllplätze sind. Die Müllleute darin mit ihren riesigen Pranken, kräftigen Handgelenken und gelben Handschuhen sind nicht jünger als Halime. Zwei haben sich bei ihr untergehakt. Einer läuft hinterher, damit sie ihnen nicht rückwärts entflieht und starrt auf ihre Hüften. Halime hat ein kleines Taschenmesser in der Handtasche. Sollten sie ihr den vereinbarten Lohn nicht zahlen, wird sie ihnen die Gesichter zerkratzen. „Mama, wann kommt Papa endlich?" fragt das Kleinkind der Müllleute zum wer weiß wievielten Mal. „Der ist gleich da" sagt die Mutter. Nur noch ein paar Jahre bis zur Rente. Während die Herren der Stadt eng aneinandergeschmiegt schlummern, sammeln sie sacht den Müll ein.

Meine Augen an ihren Händen.

Meine Hände werden schwielig.

Die Arme vor der Brust verschränkt, hockt er in einem Hauseingang. Die Augen starren geradeaus, wie die einer Eule, Haare und Bart lang. Ganz offensichtlich hat er seit Monaten nicht gebadet. Geht in sein Zimmer und küsst ihn sacht auf die Wange. Er vergießt ein paar Tränen. Er vergisst all den Müll der Welt. Sein Körper bebt. Die Kleidung zerrissen, durchnässt, klamm. Er erinnert sich nicht, wann er zuletzt etwas gegessen hat, auch nicht, was es war. Er kratzt sich am Kopf, je mehr er kratzt, desto größer werden seine Hände. Er sehnt sich wohl selbst nach dem verdammten Waisenheim, aus dem man ihn, volljährig geworden und ohne Angehörige, schweren Herzens hinauswarf.

Meine Hände an meinen Haaren.

Mein Kopf juckt.

Wurde er bei Rodin in Auftrag gegeben, hat er ihm als Modell gedient? Oder hat Rodin hier gearbeitet und sein Werk vollendet? Wer hat sich das wohl ausgedacht, und warum, wessen Idee war die Skulptur des Denkers? In der nämlichen Nacht noch war er vergewaltigt worden in dieser Straße, sein verlassener, schutzloser, fast noch kindlicher Körper. Später gewöhnte er sich daran, auch wenn er keine Lust empfand. Es tut nicht mehr weh, wenn jemand eindringt. Dabei merken wir gar nichts. Wir kriegen nichts mit. Wir sind alle hinter eisernen Türen und in blauer Kleidung. Keiner von uns ist dick; mager sind wir und blass. Ob mir einer der Zuschauer, wenn auch zögernd, eine Zigarette gäbe, wenn ich ans Gitter ginge?

Ein Lächeln auf meinem Gesicht.

Mein schallendes Gelächter ist nahe.

Die Nacht meines Todes

Es war halb vier nachts. Seit zwölf versuchte ich vergeblich einzuschlafen. Araksi und Garo waren sofort eingeschlafen. Es war kein einziges Betäubungsmittel zu Hause, das mir beim Einschlafen geholfen hätte, nicht einmal Alkohol. Es war sehr still. Ich wünschte mir irgend etwas, was mir Angst machen könnte. Ich versuchte mir einen Einbrecher vorzustellen, der sich an der Tür zu schaffen machte oder ein Erdbeben, das das Zimmer erschütterte oder meinetwegen ein aus dem Nichts auftauchendes Unwesen. Es gelang mir. Von der Tür her vernahm ich Gepolter, die Deckenlampen wackelten, merkwürdig aussehende Gestalten erschienen vor meinem Auge. Aber fürchten konnte ich mich nicht. Es geschah Merkwürdiges. So als wollte etwas Lebendiges und Großes aus mir hinaus. Und das ließ mich winden. Ich gab mir Mühe, diesem Etwas zu helfen. Ich wollte mich aufrichten, aber ich konnte es nicht. Ich hatte geglaubt, auf dem Rücken gelegen zu haben, aber ich merkte, dass ich zusammengerollt auf der Seite lag. Wie ein armer Schlucker... Wie frierende, verzweifelte Straßenkinder... Ich versuchte herauszufinden, wann und wie ich diese Position eingenommen hatte, kam aber nicht darauf. In mir war etwas Großes, aber Leichtes, das hinaus wollte. Es war stark, denn bei jedem seiner Versuche wurde ich erschüttert. Ich wusste nicht, ob ich den Mund aufmachen sollte oder sonst irgend etwas, damit es raus konnte, aber ich war guter Dinge. Was immer es sein mochte, es bereitete mir Vergnügen. Ich wollte mit ihm spielen, aber es erlaubte mir nicht mich zu regen. Ich konnte nicht einmal auf meine Uhr schauen. Meine Augen waren offen. Ich konnte sie nicht schließen. Es gelang mir nicht. Es strampelte, es war drauf und dran herauszukommen. Ich fühlte mich wie eine gebärende Frau. Ich war ein Mann, ich gebar nicht. Auf einmal begriff ich; was aus mir herauswollte, war meine Seele! Ich war im Begriff zu sterben! Sollte ich in Panik verfallen und irgend etwas unternehmen? Vielleicht hatte ich nur noch wenig Zeit. Entkommen? Nein, ich versuchte nicht zu entkommen. Ich sprach das Glaubensbekenntnis. Dann kam es mir sehr sinnlos vor. Ein zweiunddreißigjähriges Leben und zwischen Tür und Angel ein paar Worte... Es war komisch, aber ich konnte nicht lachen. Das stärkste Aufbäumen und eine unglaubliche Erleichterung... Es war draußen! Nein, nein. Ich war draußen! Denn ich konnte meinen zusammengekrümmt da liegenden Körper sehen. Ich war es also, der hinauswollte. Was ich sah, war mein eigener Körper. Reglos lag er da. Neben Araksi und Garo lag mein Leichnam. Ich konnte mich bewegen. Dafür brauchte ich nicht Hände und Füße zu bewegen, ich hatte ohnehin keine Hände und Füße. Ich war neugierig, wie ich aussah. Ich sah in den Spiegel. Ich konnte mich nicht sehen. Araksi drehte sich mir zu, umarmte mich. legte den Arm auf mich. Mein Gott! Araksi schlief an meinem toten Körper. Das hätte sie nicht wissen wollen. Ich wollte auch nicht, dass sie das wusste. Ich wollte hinaus, ich ging durch die Tür und trat hinaus. Durch die Tür? Ich war im Treppenhaus. Ich trat in die Nachbarwohnung, die schliefen. Niemand war tot. Ich war gestalt- und lautlos. Ich verließ das Haus. Auf der Straße waren Hunde, aber sie kläfften mich nicht an. Das musste ich genießen.

Etwas Alkohol gefällig? Ich betrat den Supermarkt. Ich wollte Wein trinken, aber ich hatte keinen Mund. Ich ging auf die Straße. Ich konnte ein- und ausgehen, wohin ich wollte. Obendrein war ich für alle unsichtbar und unhörbar. Eilig lief ich zurück. Ich trat in die Wohnung. Ich schloss die Tür nicht hinter mir zu, denn ich hatte sie ja nicht aufgemacht... Ich ging einfach durch sie hindurch. Ich war nicht außer Atem, denn ich hatte auch keinen Atem. Garo hatte sich an Araksi geschmiegt. Und Araksi an den Tod. Wenn ich nicht gestorben wäre und ihr morgens gesagt hätte: „Araksi, ich bin letzte Nacht gestorben und du hattest meine Leiche umarmt und schliefst tief und fest", hätte sie einen Schrei losgelassen und mich angeschnauzt: „Du spinnst ja!"

Der Morgen dämmerte. Ich war gespannt, was geschehen würde. Ich war besorgt, aber ohne Angst. Ich hatte früher schon Tote gesehen, aber gestorben war ich noch nie. Ich war aufgeregt.

Garo wachte auf, öffnete die Augen und drehte sich sofort zu seiner Mutter, um sich zu vergewissern, dass sie noch da ist. Das macht er immer. Ich glaube, das machen alle Kleinkinder. Mich würdigte er keines Blickes. Er stand auf, ging ins Wohnzimmer. Er schaltete den Fernseher ein und blieb davor stehen. So trafen wir ihn immer an, wenn wir aufwachen, aber diesmal sah ich es, ohne aufgewacht zu sein, mit den Augen eines Toten. Und siehe da, es war Tag. Morgen. Um diese Zeit stand ich üblicherweise auf... Araksi öffnete die Augen und fragte: „Wie spät ist es, Merih?" Auf einmal bereute ich es, gestorben zu sein, denn gleich würde Araksi sich sehr erschrecken und traurig sein. Ich wollte zurück in meinen Körper, aber ich war nicht fähig dazu. „Merih, Merih, Merih..." Sie wunderte sich, denn ich habe einen leichten Schlaf, ich hätte ihr schon längst geantwortet haben müssen. „Merih..." Araksi rüttelte meine Leiche... Sie wurde argwöhnisch. Sie sprang auf, begann mein Gesicht zu rütteln. Ich habe mir so sehr gewünscht, mich bewegen zu können, aber ich konnte es nicht. Entsetzen packte sie. Kopflos lief sie in die Küche. Sie kehrte zurück, rüttelte erneut an mir. Ihre Stimme wurde lauter: „Merih, Merih, Merih!" Wie schön sie meinen Namen rief. Garo kam, durch ihre Rufe neugierig geworden, angewatschelt. Er versuchte zu verstehen, warum seine Mutter mich rüttelte und so laut rief, er begriff es nicht. Er bekam Angst und begann zu weinen. Ich wollte auch weinen, aber ich hatte keine Tränen. Araksi begriff, dass ich gestorben war. Sie war ratlos, was sie tun sollte. Sie lief zur Tür und schrie... Dann kehrte sie um und klammerte sich an meine Leiche. Sie begann zu weinen. Meine Leiche war warm. Und Garo umarmte seine Mutter und begann ebenfalls zu weinen. Nach und nach strömten die Nachbarn herein. Sie kontrollierten ganz genau, um sich zu vergewissern, ob ich mir nicht irgendeinen Scherz mit ihnen erlaubte. Sie trauten meiner Leiche nicht! Ich war zugedeckt, mein Schlafanzug war sauber. Ich sah gut aus. Genau genommen ging es mir nicht gut. Ich war tot. Meine Leiche sah gut aus. Alle, die es hörten, strömten herbei, die Wohnung füllte sich mit Menschen. Zu viele Menschen auf einem Fleck hatte ich nie gemocht. Wär' ich bloß nicht gestorben. Männer in Weiß kamen auch, sie sahen nach, ob ich richtig tot bin. Ich war richtig tot. Alle weinten. Die meisten waren hungrig. Ich war zu früher Stunde gestorben und niemand hatte bereits gefrühstückt. Erwachsene Menschen, dachte ich, weinen wie die Kinder, weil sie Hunger haben. Alle weinten. Sie deckten mich mit irgendwas zu. Trage, Wagen, Krankenhaus... Ich bin doch nicht krank! Ich bin tot! Als wir im Krankenhaus angekommen waren, hatte sich die Hälfte der Menschenansammlung dünne gemacht. Der Krämer erwies sich als der totenfreundlichste von allen. Der Arzt schrieb einen Bericht, ich wurde somit zu einem offiziell Toten. Ich betrachtete meine Leiche.

Ich lag auf der Bahre. Und die war so gar nicht bequem! Ein Krankenpfleger schob mich durch den Korridor, in Richtung Aufzug. Eine junge Schwester überholte uns eiligen Schrittes. Ich sah ihr nach. Sie hatte tolle Hüften. Während mein lebloser Körper in Richtung Fahrstuhl gefahren wurde, wäre ich gern der Krankenschwester gefolgt, aber ich konnte nicht. Ein tiefes Bedauern erfasste mich. Ich wollte die Hüften der Schwester streicheln. Der schnurrbärtige Pfleger im schmutzigen blauen Kittel brachte meinen zweiunddreißigjährigen Körper in die Leichenhalle und ich konnte nichts unternehmen.! Wir betraten den Fahrstuhl. Der Pfleger fixierte Araksi, Araksi weinte. Der Krämer war entschlossen, er wollte mich unter die Erde bringen! Einige Nachbarn, Freunde und so weiter verließen den Aufzug und traten hinaus. Wir überquerten den Garten und betraten ein Geschoss. Eiskalt ist es hier! Zwei bärtige Männer empfingen uns am Eingang. „Unser Beileid!" sagten sie zu meinem Gefolge. „Wer bei der Leichenwäsche dabei sein möchte, kann bleiben", fügten sie hinzu. Leichenwäsche? Meine beiden Brüder blieben. Nicht zu fassen! Der Krämer wollte auch dabei sein... Nun mal halblang! Seit ich zehn bin, hat mich kein Mann mehr nackt gesehen. Keine Männerhand hat meinen Körper berührt. Was glaubt ihr denn, wer ich bin? Wir betraten einen Raum, die Tür fiel ins Schloss. Sie legten mich auf eine Steinplatte. Sie waren zu fünft. Sie zogen mich aus. Was glaubt ihr eigentlich, was ihr da tut? Meinen Schlafanzug, meine Uhr und meinen Ring steckten sie in einen Beutel. Irgendwas murmelnd übergossen mich mit Wasser aus einer eisernen Schüssel. Ich wusch mich immer mit fast kochend heißem Wasser. Sie hatten keinen Respekt vor meiner Leiche, sie taten so, als hätten sie mich nicht gehört. Sie wuschen mich mit einer weißen, billigen Seife. Ich wollte sie an ihren Bärten ziehen, es gelang mir nicht. Was geschieht hier? Sie wickelten mich in ein weißes Tuch und banden mich zusammen. „Wohin bringt ihr mich? Lasst mich los!" sagte ich, aber sie ließen mich nicht los. Sie legten mich in eine Holzkiste. Sie legten den Deckel drauf. Deckel? Der Gebetsruf ertönte. Ich in einem Sarg, auf der Steinbank im Moscheehof, eine Menge Menschen, die ich kenne, drum herum. Es war kalt. Ich bin sicher, wär' ich im Sommer gestorben, wären mehr Leute gekommen. Die Trauergemeinde betrat die Moschee, ich sah mir die Mädchen an. An meinem Totengebet nahm ich nicht teil. Es riecht nach Erde. Wenn ihr mich eh in die Erde stecken wolltet, warum habt ihr mich dann gewaschen? Meine allerliebsten Menschen werfen Erde auf mich. Wer liegt eigentlich neben mir? Ein junges, hübsches Mädchen. Auch sie ist gerade gestorben, noch warm. Und nackt dazu... Wupp!

Weitere Bücher von Merih Günay

Hochzeit der Möwen

Ein Schriftsteller, der was auf sich hält, muss ein Hungerleider sein, ein Habenichts. «Nur zu schnell wird ein junger, ambitionierter Autor von seinen flapsigen Worten eingeholt. Innerhalb kürzester Zeit wird ihm durch ein Unglück alles genommen, was er besitzt. Ohne Geld, Nahrung oder Kleidung verwahrlost er in einer mittlerweile leer gepfändeten Wohnung und verliert darüber fast den Verstand. Seine Frau hat ihn verlassen, sein Vater ist gestorben, seine Tochter kennt ihn kaum mehr. Bis sich eines Tages seine Nachbarin, die junge taubstumme Talin, seiner annimmt. Dankbar geht er auf das stillschweigende Angebot der einsamen Frau ein, die ihn vergöttert. Er hingegen verliebt sich unsterblich in deren Schwester Natali, was ihn vor folgenschwere Entscheidungen stellt. ... In seinem türkischen Schelmenroman lässt Merih Günay seinen unbekümmerten und respektlosen Helden eine Berg- und Talfahrt der Emotionen durchleben. Mit pragmatischem Fürwitz gewappnet, gelingt es ihm schließlich, sich nicht mit seinem Schicksal abzufinden, sondern diesem gewieft ein Schnippchen zu schlagen. Ein fantastischer Schelmenroman über das Schicksal, die Liebe und das Glück.

Festeinband: ISBN 978-3-949197-20-8

Taschenbuch: ISBN 978-3-949197-24-6

NICHTS

Kurzgeschichten von Merih Günay

Merih Günay geboren 1969 in Istanbul, lebt in seiner Geburtsstadt. Seit 2001, dem Beginn seines aktiven literarischen Lebens, wurden seine Erzählungen in verschiedenen Zeitschriften und Auswahlbänden veröffentlicht. Für seine Erzählungen und Bücher erhielt er zahlreiche Auszeichnungen.

Festeinband: ISBN 978-3-949197-25-3

Taschenbuch: ISBN 978-3-949197-26-0

Streifzüge

Wer ist dieser Ich-Erzähler, der seine Leser zu ungewöhnlichen Streifzügen einlädt? Ein Misanthrop möglicherweise, oder ein Eigenbrötler. In der verzweifeltesten Phase seines Lebens begegnet er einer Frau, die seine Innen- und Außenwelt belebt und ihm hilft, wieder einen Platz in der Welt zu finden. Mit ihr lernt er von Neuem, wie bereichernd es sein kann, jemanden zu haben, der einem etwas bedeutet, an den man denkt, den man vermisst, um den man sich sorgt, den man beschützen und behüten möchte. Auf seinen Streifzügen gleitet, springt, stolpert er, rasant und übergangslos, von der Realität zu Träumen und Trugbildern, von der Vergangenheit zu Gegenwart und Zukunft, von Dialogen zum inneren Monolog. So sehr er auch das gewöhnliche Leben zu verachten glaubt, stellt er sich allmählich der so schmerzlichen wie befreienden Tatsache, dass gerade dies sein höchstes

Gut ist und versucht, Verzweiflung und Resignation in Lebenswillen und Kraft zu verwandeln.

Festeinband: ISBN 978-3-949197-30-7

Taschenbuch: ISBN 978-3-949197-27-7

www.ingramcontent.com/pod-product-compliance
Lightning Source LLC
LaVergne TN
LVHW040056080526
838202LV00045B/3665